戦国武将伝 東日本編

Sengoku Bushoden Higashi Nihon Hen

今村翔吾

戦国武将伝

東日本編

目次

『戦国武将伝　西日本編』目次

群馬県

長野業正

黄《おう》斑《はん》の文《ふみ》

一

天文《てんぶん》十五年（一五四六）の春のことである。真田幸隆《さなだゆきたか》は自身の屋敷を出て、城へと向かった。城までの途中、山桜の大木がある。見事に咲き誇っており、麗《うら》らかな春風を受けて花弁を舞い散らせている。

心躍《こころおど》るような光景であるはずが、今の幸隆はそれを美しいとも感じられない。この一月《ひとつき》の間、幸隆は悩みを抱えて悶々《もんもん》とした日々を過ごしていた。

城に着くとすぐに案内され、城内の一室へと導かれた。

「参りましてござる」

「来たか」

文机《ふづくえ》に向かっていた男が振り返り、にかりと白い歯を覗《のぞ》かせた。

男の名を長野業正《なりまさ》と謂《い》う。長野家は上野《こうずけ》国の豪族で、関東管領《かんれい》を務める山内《やまのうち》上杉家の麾下《きか》に入っていた。

上野国の守護代は白井長尾《しらいながお》家だったが、当主が暗殺されて没すると、長野家は次第に力を強めていった。今では実質的な守護代の地位にあるといってもよい。

主君の山内上杉家の勢力圏は広大であったが、小田原《おだわら》の北条《ほうじょう》家の侵攻を受けて顕著《けんちょ》に領地を減らしている。そのような凋落《ちょうらく》の最中の山内上杉家を支え、八面六臂《はちめんろっぴ》の活躍を見せているの

がこの業正で、その凄《すさ》まじい豪勇ぶりから、

――上州《じょうしゅう》の黄斑《おうはん》。

などと呼ばれていた。

「達者にしていたか」

業正は目尻に皺《しわ》を寄せた。

「十日前にお会いしたばかりですぞ」

「そうか、そうか」

自らの額《ひたい》をぴしゃりと叩き、業正は呵々《かか》と笑った。

幸隆がこの上野に住んでからは、少なくとも月に一度、多ければ三度ほど業正からお呼びが掛かり、こうして訪ねてきていた。

「やるか」

「はい」

すでに用意されていた碁盤《ごばん》を挟み、向き合って座った。呼ばれる訳はこれである。業正は碁が大好きで、しかも滅法《めっぽう》強い。家中の者では誰も相手が務まらず、置き石をさせてやっていたが、それればかりではつまらない。そんな時に幸隆が巧《たく》みな碁を打つと聞きつけ、一局打つこととなった。実力は五分といったところで、業正はこれを大いに喜んで、こうして度々《たびたび》相手を所望されるようになっているのだ。

「もう春だというのに指が冷たい。歳かのう」

業正は碁石を手に持って自嘲《じちょう》気味に笑った。

業正は延徳《えんとく》三年（一四九二）の生まれというから、当年で齢《よわい》五十六。幸隆は今年で三十四歳となるため、ちょうど親子ほど歳が離れていることになる。

「未《いま》だに馬を駆《か》って敵陣に切り込む御方《おかた》が、何を仰《おっしゃ》いますやら」

幸隆は苦く頬《ほお》を緩《ゆる》めた。

実際、業正は五十六歳とは見えぬほどに若い。鬢《びん》のあたりに白いものは混じっているが、艶《つや》のよい鞣革《なめしがわ》の如《ごと》き肌をしている。

そして今言ったように、この歳になっても馬を疾駆《しっく》させ、大将自ら太刀《たち》を片手に敵の首を挙げるなどということも、間々《まま》あった。

「ところで、上野には慣れたか？」

業正はぴしりと碁石を打ちつつ尋《たず》ねた。

「お陰様で」

幸隆は石を手で揉《も》みながら答えた。

そもそも幸隆が上野国に来たのは五年前のこと。もともと真田家は北信濃《しなの》の豪族であった。だが甲斐《かい》の武田家が侵攻して、それに抗《あらが》ったものの遂《つい》には敗れ、故郷を捨てて逃亡することとなった。そのような己《おのれ》を庇護《ひご》してくれたのが、この業正であった。

武田家は、山内上杉家の敵である北条家と同盟関係にある。信濃から上野への進出も窺《うかが》っており、これまで幾度《いくど》か業正とも火花を散らせていた。

——いずれ領地を取り返す。

業正はそう約束してくれた。故《ゆえ》に己を長野家の家臣に組み込まず、客将《かくしょう》という形で置いてくれているのだ。

「そう来るか！」

幸隆の一手で、業正は吃驚《きっきょう》して仰《の》け反《ぞ》った。

戦場では鬼の如き強さを誇る業正だが、日々はこのように童《わらべ》のような一面も見せる。それが業正の魅力であり、家臣たちもよく懐《なつ》いている。

幸隆もまた、業正のそのようなところが堪《たま》らなく好きであった。

「今日は勝てそうですぞ」

幸隆は口元を綻《ほころ》ばせた。ここのところ業正の勝ちが続いており、一つ負け越している。

部屋の中に暫《しば》し碁石を打つ音だけが響き、やがて勝敗が付いた。結果は幸隆の勝ちであった。

「四連勝はならずか。これでまた五分……次は儂《わし》が勝つぞ」

業正は不敵に笑った。幸隆も笑みで応じたが、一瞬の間が空いてしまった。業正と共に過ごす時はあまりに心地よく、忘れてしまいがちだが、その一言が悩みを喚起《かんき》させたのである。

——次が来るだろうか。

と、いうことである。

一月ほど前、武田家から幸隆を召し抱《かか》えたいとの書状が届いた。真田家の旧領は全て返すどころか、加増までするという好条件であった。北信濃には多くの豪族がおり、武田家としても取り纏《まと》めるのに苦労している。それを幸隆に担《にな》わせられるならば、少々の土地など惜しくはないという考えだろう。

幸隆はこの申し出を呑《の》むつもりでいる。真田家の本領復帰は己の宿願《しゆくがん》。それが叶《かな》えられるならば断わる理由はない。

ただ一つ、落魄《らくはく》の己を置いてくれるだけでなく、こうして親しく付き合ってくれた業正に心苦しさを感じていた。

「はい」

脳裏にそのことが過《よぎ》っていたため、やや曖昧《あいまい》な調子の返事になってしまった。

だが業正はそれに気づいてはいないようで、やはり抜けるような笑みを見せて大きく頷いた。

二

武田家には受ける旨《むね》をすでに伝えている。ならば期日を決めるのでそれまでに上野国を出て、信濃国へ戻って来いとの返事があった。その期限がもう間近に迫っているのである。

——明日、ここを発《た》つ。

業正と碁を打った六日後、幸隆は決心し、妻や家臣にもそのことを打ち明けた。

上野国から抜けようとすれば、業正もその意図を察する。そうなれば幾ら己に良くしてくれたからといって、流石《さすが》に捕らえようとするだろう。多くの人数で逃げれば、すぐに追いつかれてしまう。

「儂《わし》は一人で行くつもりじゃ」

幸隆は膝《ひざ》の上に置いた拳《こぶし》をぐっと握りしめた。

「真田家復興のためです」

妻はすぐ得心《とくしん》してくれて、そう答えた。

己を怨《うら》みはするだろうが、人品《じんぴん》に優れた業正が妻や家臣を殺すことまではしないだろう。そこまで計算している己が嫌で、同時に業正への懺悔《ざんげ》の念はさらに強くなり、上野国で過ごす最後の夜は、遂に一睡も出来ぬまま朝を迎えた。

朝、支度を終えて屋敷を出ようとした矢先、業正からの使者がやって来た。

——今日、一局打とうではないか。

という誘いである。

これまでは数日前、少なくとも前日までに誘いがあった。このように当日に誘われるのは初めてのことである。

——お気付きになられたか。

幸隆は下唇《したくちびる》を噛《か》みしめた。

業正は世に隠れもなき名将である。己の些細《ささい》な変化を見抜いたことは十分考えられた。

「今日は躰《からだ》の具合が悪いと」

幸隆は家臣に命じ、使者にそのように答えさせた。

――日を改めるしかあるまい。

こうなると今日は強行するほうが危うい。暫《しばら》くの間、病《やまい》を装って家に引き籠《こ》もり、機を見て夜陰《やいん》に紛《まぎ》れて抜け出すしかないと考えを変えたのだ。

四半刻《しはんとき》（約三十分）ほどすると、また業正からの使者が訪れた。

今度はどうしても面会して話したいとのことで、幸隆は敢《あ》えて寝間着に着替えて使者と会った。使者は業正からの口上を、一言一句違《たが》わずに伝えると言った。

「お主《ぬし》ほどの者が寝込むとなれば、尋常《じんじょう》の薬では治らぬ病と見た。甘楽《かんら》峠を越えたところに、当家のみ知る良薬が群生する地がある。案内を付ける故、そこまで薬を採りにいかれよとのこと……」

「お気遣いありがたい。ただ思ったよりも悪く、私が採りにいくのは……」

「今も申し上げたように、薬草のある地は長野家の秘事。こればかりは幸隆殿自らでないと困る。ただ必ず効く故、すぐにでも発たれるがよい」

「解《わか》りました……」

幸隆は細く息を吐《は》いた。業正は気付いている。そして幸隆が一人になったところで、討ち果たさんとしているのであろう。

己はあれほど目を掛けてくれた恩人を裏切った。業正の怒りは当然であるし、その罰《ばち》が当たったのだと覚悟を決めるほかない。

使者にこっそり教えてもらい、幸隆は身支度を整えると、馬に乗って薬草が生えるという地を目指した。

「そろそろか」

下仁田《しもにた》に差し掛かった時、幸隆はぽつりと呟《つぶや》いた。

薬草の地が近いという訳ではない。己を討たんとすれば、この辺りで襲って来ると踏んだのだ。

その時、背後から馬の嘶《いなな》きが聞こえた。馬を駆るでもなく、幸隆はゆるりと進む。だが背後から声が掛かって、幸隆は勢いよく振り返った。

「どういうことだ……」

追って来ていたのは妻であり、家臣たちであったのだ。馬が曳《ひ》く荷車の上には家財までが満載されている。

「何があった」

幸隆は妻に向けて訊《き》いた。狼狽《ろうばい》を抑えきれず声が上擦《うわず》る。

「殿が発たれた後、長野家の使者がまた来られ……」

——幸隆は出奔《しゅっぽん》したと見ゆる。家財を纏めて即刻、ここから出ていけ。

と、命じられたらしい。しかも馬や荷車まで手配する手際《てぎわ》の良さであったという。

「そしてこれを。信濃に入った後に開けと」

妻は一通の書状を取り出した。

どのような事態なのか皆目解《かいもく》らないが、ともかく皆で信濃を目指すことにした。そして言葉通り、信濃に入ったところで幸隆は書状をゆっくりと開いた。

「俺は大馬鹿者よ……」

幸隆は声を震わせた。

業正はやはり全てを見通していた。だが家臣たちの手前、堂々と敵方に奔《はし》るのを許す訳にはいかない。故に一計を案じたのである。

書状には続いて、これまでの楽しかった日々の礼、最後に別れを言えなかった詫《わ》びまで綴《つづ》られていた。

「詫びるのは……こちらでござる……」

幸隆は頬に伝う涙を拭《ぬぐ》わずに読み進めた。

武田信玄はまだ若いが相当な弓取りである。励《はげ》めば大いに真田家の道も開けよう。ただこの業正の目の黒いうちは、上野国には一切踏み込ませるつもりはない。真田家は上野攻めの先鋒《せんぽう》を命じられることになろう。

――続きは戦場で。次は儂の勝ちだ。

といったように締めくくられていた。

業正の豪快な笑みが脳裏に浮かんで消える。長野業正と謂う男は並ではないとは解っていたが、己が思っていた以上に大きく、そして強い人であったと改めて胸に刻んだ。

「負けませぬぞ……」

嗚咽《おえつ》を堪《こら》えつつ、幸隆は絞《しぼ》るように零《こぼ》した。

この恩に報いるため、その時が来れば、全身全霊を懸けて挑《いど》もうと心に決めた。

峠の道を山桜が彩っている。不思議と数日前に見た時よりも鮮やかに目に映る。この景色を生涯忘れることはないだろうと感じ、幸隆は涙をそっと指で拭い、微笑《ほほえ》みを春のそよ風に溶かした。


幸隆披《ひら》き見れば、甲斐に武田信玄あり、若き人に又有間敷弓執《あるまじきゆみとり》なり。但《ただ》し蓑輪《みのわ》に業正があらん限りは、左右なく碓氷《うすひ》川を越て馬に草飼はんと思ひ給《たま》ふべからず、速《すみやか》に本領に帰り入り給はば、鄰交《りんこう》を忘れ給ふこと有間敷由抔、細々と書たり。幸隆も業正の心中恥《はず》か敷思ひ斯《か》くあらんと兼ねて知りたらば、打明けて語ふべきに、包みしことこそ拙《つた》なけれ、と馬を止めて暫時《さんじ》は彳《たたず》めり……（『名将言行録』）

東京都

徳川家康

竹千代の値

一

名は万松寺《ばんしょうじ》と謂《い》う。広大な寺院である。寺内の全てを見て回った訳ではないし、自儘《じまま》に歩き回る訳にもいかない。だが、かなりの数の建物があるだろうと想像出来る。

その中の一つに、竹千代《たけちよ》は滞在している。厳密にいえば、自らの意志でいる訳ではない。己《おのれ》は人質としてここに囚《とら》われているのだ。

とはいえ、何か酷《ひど》い目に遭《あ》っているという訳ではない。一日に二度、きっちりと食事も出るし、温かい布団《ふとん》も用意されている。手慰《てなぐさ》みのための書物も貸して貰《もら》える。ただ筆や硯《すずり》、墨《すみ》のような筆記具は駄目だ。文《ふみ》を書いて外に助けを求めるのを防ぐためであろう。竹千代の住まう建物は昼夜、別の者が見張りに立てられているが、見張りの誰かが寝返ることも想定しているのだろう。かなりの念の入れようであるが、

——そちらが正しい。

と、竹千代は思う。

何故《なぜ》ならば、己は父が油断したからこそ、こうして囚われることになったのだ。父を悪く言うつもりはないが、事実だから仕方がない。

竹千代は縁に座り、暮れなずむ夕陽を見つめながら、

「いつだろう」

と、小さく呟《つぶや》いた。

いつ、己はここを出られるのか。当初はもっと早く出られると思っていた。が、時は無情に流れていくのみ。すでに一年の歳月が流れている。

二

天文《てんぶん》十一年（一五四二）師走《しわす》二十六日、竹千代は松平広忠《まつだいらひろただ》の子として三河《みかわ》国に生まれた。父の広忠は三河国の大半、十万石ほどを支配する大名である。これだけ聞けば安泰《あんたい》かのように思われるが、決してそうではない。時は戦乱の世であり、餓狼《がろう》の如《ごと》く松平家の領地を狙う大名がいる。しかも松平家にとって不幸だったのは、東西を強大な勢力に挟まれていることである。

まず三河の東は今川家。駿河《するが》、遠江《とおとうみ》などその領地は百万石を超えると言われ、当主の今川義元《よしもと》は英邁《えいまい》な人物である。

西は織田家。こちらは尾張《おわり》一国を支配する大名である。石高《こくだか》だけならば三十万石ほどと思われるが、津島《つしま》の商人と結託して多大な銭を稼《かせ》いでいるらしい。その力は実質、五十万石を遥《はる》かに凌《しの》ぐと言われていた。しかも当主の信秀《のぶひで》は、戦国大名を地《じ》でいくような人物。まだまだ領地を広げようとしている。

このような両雄に挟まれ、松平家は常に苦しい立場に置かれている。基本的には今川家に従っているのだが、父に反発する国人《こくじん》たちの中には、織田家になびく者もあり、三河は常に落ち着かぬ状態なのだ。

天文十六年（一五四七）、織田信秀が動いた。軍勢を率いて三河に侵入し、広忠の籠《こ》もる岡《おか》崎《ざき》城に総攻撃を仕掛けて来たのである。単独ではとてもではないが敵《かな》わない。広忠は駿河の今川家に援軍を要請した。

義元は了承の条件として、

――竹千代を人質に出せ。

と、言って来た。

別に珍しいことではない。裏切り、裏切られの戦国の世である。せめて人質くらいは取らねば信用出来ない。時には人質を見殺しにしても寝返る者もいるのだ。

「竹千代、行くのだ」

広忠は短く言った。

「嫌です」

これに竹千代は首をぶんぶんと横に振った。ただ父や母と離れたくはなかった。たとえ共に命を落とすことになろうとも、一緒にいたかったのである。

「聞き分けのないことを申すな。松平家のためぞ」

広忠は厳しい口調で命じた。否応《いやおう》などない。竹千代は涙を擦《こす》りながら、人質として今川家に向かうことが決まった。

だが、竹千代は駿河に到達することはなかった。護送の途中、立ち寄った田原城《たわらじょう》で戸田康光《とだやすみつ》が裏切り、銭千貫文《かんもん》で織田信秀に売り飛ばしたのである。

——何が何だか。

竹千代にはもう訳が解《わか》らなかった。ようやく覚悟を決めて駿河に向かっていたのに、味方であった戸田が寝返った。しかも戸田は義母の父という近しい間柄であったのだ。

そして己に付けられた千貫という値。大人たちの会話から凡《およ》その価値が判《わか》る。庶民にとっては大金なれども、大名にとってははした金《がね》程度であるはず。己の価値がその程度しかないということが、何より竹千代の心を傷つけた。

竹千代は織田信秀の前に引っ立てられた。

——怖い顔。

と、いうのが初めの印象である。鋭い眼光、顎《あご》に蓄えた髭《ひげ》、いかにも戦国大名といった風貌《ふうぼう》で、正直なところ父よりも遥かに勇壮に見えた。

「竹千代殿、すまぬな。暫《しば》し、ゆるりと過ごしてゆけ」

そう言う信秀の声は、その厳《いか》めしい相貌《そうぼう》に似合わぬ優しいものであった。一抹《いちまつ》の憐憫《れんびん》のようなものを感じたのは確かである。

こうして竹千代は齢《よわい》六つにして、万松寺に囚われることとなったのだ。

それから一年。竹千代は七歳となった。囚われた当初は、ここで歳を重ねるなどとは考えもしなかった。きっと織田家は己を返す代わりとして、広忠に何らかの条件を出す。一月《ひとつき》、二月《ふたつき》で交渉は纏《まと》まると思っていたのだ。信秀もまたそう考えていたからこそ、「暫し」と言ったのだろう。だが交渉が難航しているのか、一向に帰れる気配がないのである。恐らく、信秀が到底呑《の》めぬような大きな条件を出しているのだろうと、竹千代はぼんやり考えていた。

——どうも違うらしい。

と、思い始めたのはつい先頃である。

織田信秀は、当初は竹千代を返還する代わりに、今川家を見限って織田家に従属することを求めた。これを父は一蹴したという。ただ信秀としてもこれは呑まぬと思っていたらしい。交渉において、まずは最大限の要求をし、そこから条件を緩めていくのは常である。

事実、信秀は領地の割譲《かつじょう》、城の破却、不戦の和議など次々に条件を緩和していったが、広忠は一向に条件を呑まぬ。それどころか、

——竹千代を殺さんと欲せば即《すなわ》ち殺せ。吾《われ》一子の故を以《もっ》て信を隣国に失はんや。

と、痛烈な勢いで返答してきて、これには信秀も苦笑するほかなかったという。

そのような話を竹千代が何故《なにゆえ》知っているのか。夜半、寺の見張りをしていた武士たちが、ひそひそと話しているのが聞こえてしまったのである。竹千代はぎゅっと布団の端を巻き込むようにし、一人めそめそと泣いた。織田家の脅《おど》しに屈してしまえば、次々に要求を呑まねばならぬようになる。故に徹底的に撥《は》ね退《の》けるのが良い。幼い己でも何となく解る。頭では解るが、心は叫び声を上げて止まなかった。

「私は千貫の価値……か」

その日のことがまた頭を過《よぎ》り、竹千代は茫《ぼう》と夕陽を見つめながら、ぽつりと呟《つぶや》いた。

三

人質の暮らしに変化は乏《とぼ》しい。監視付きで境内の中を散歩するほかは、ほとんどが読書である。幸い、竹千代は本を読むのが好きであった。本に没頭している時だけは、今の境遇を忘れられるということもある。

そんな代わり映《ば》えしない日々に変化があったのは、人質になってから一年と少したった頃のことだ。その日も竹千代は本を読み耽《ふけ》っていたが、俄《にわ》かに寺内が騒がしくなったのである。

「若、お待ちを！」

「御屋形《おやかた》様の許しを得ていません！」

などという声も聞こえて来る。何であろうと首を捻《ひね》っていると、廊下を歩く跫音《あしおと》が近付いて来た。なかなかに激しい音のため、竹千代は怖くなって身を強張《こわば》らせた。

やがて跫音は部屋の前まで来ると、勢いよく襖《ふすま》が開いた。あまりに強く開け放ったため、枠に弾かれて半ばまで閉まってしまっている。その半分開いた隙間から男が立っているのが見える。襖に遮《さえぎ》られ、顔は半分しか見えない。目は爛々《らんらん》と光っており、まるで一つ目の物《もの》の怪《け》の如く思え、竹千代は身を小さく震わせた。

「立てつけが悪い」

男は不愛想に言って襖を開く。勢いよく開け過ぎたから。そう言いたかったが、男はそうはさせぬ独特の雰囲気を纏っている。

歳は十五、六か。赤色の紐《ひも》で無造作に括《くく》った茶筅髷《ちゃせんまげ》、袖なしの着物、これまた朱《しゅ》色の鞘《さや》を腰に捻《ね》じ込んでいる。何とも奇妙な風体である。

「お前か」

「え……」

男は鋭く訊《き》いた。問いが短すぎて要領を得ない。

「松平の人質は」

相当に短気なのか、声に若干の苛立《いらだ》ちを感じた。

「は、はい……竹千代でございます」

「信長だ」

「あっ――」

竹千代は吃驚《きっきょう》した。見張りの者たちが話しているのを聞いたことがあった。

――うつけ者。

と、呼ばれている織田信秀の嫡男《ちゃくなん》である。話を盛っているのかとも思ったが、噂《うわさ》に違《たが》わぬ姿である。

「小さいな」

信長はどかりと腰を下ろした。

「申し訳ございません……」

「何故、謝る」

信長は眉間《みけん》に皺《しわ》を寄せる。その時、信長を追いかけて家臣たちがやって来た。それを信長はきっと睨《にら》みつけると、

「退《さ》がれ」

と、不愛想に言い放った。

「しかし……」

「話をするだけだ」

織田家の家臣たちは躊躇《ためら》っていたが、しぶしぶといった様子で退がった。言い出したら聞かぬのだろう。この短い会話でも、そのような性質《たち》だと竹千代にも判った。

「弟になるか」

「えっ！」

「ならぬか」

「いや、話がよく……」

「ならばよい」

信長は立ち上がると、さっと身を翻《ひるがえ》して立ち去った。

――何だったのだろう。

まるで疾風《はやて》の如き人である。竹千代は暫し茫然《ぼうぜん》となりながら宙を眺めていた。

翌日、竹千代は見張りの立ち話を聞いた。信秀はあまりに広忠が乗ってこないので、半ばやけとなって、

――ならば一万貫で買い戻せ。

とまで伝えた。が、広忠はこれさえも諾《だく》としなかった。そもそも条件の如何《いかん》を問わず、交渉する気があるのか無いのか。信秀としては試金石《しきんせき》のつもりで投げかけたのだろう。これさえも広忠が断ったということは、則《すなわ》ち交渉をする気が端《はな》から無いということであろう。

気落ちして過ごしていた竹千代のもとに、また信長がやって来たのは五日後のことである。

「何をしている」

この男、とにかく問いが急であり、無駄というものが一切ない。

「本を読んでいます……」

「ふむ」

信長は開いた本を覗《のぞ》き込み、

「礼記《らいき》か」

と、短く言った。

「読めるので？」

竹千代は思わず訊いてしまってから、しまったと口を噤《つぐ》んだ。この風貌、噂から学問などは一切しないのだと思っていたのである。

「当然だ」

信長は別に怒る素振りもなく、ふっと頬《ほお》を緩めた。

「三河に帰りたいか？」

信長からふいに投げかけられた問いに、竹千代は口籠《くちごも》った。

「それは……」

「何だ。帰りたくないのか」

「話が進んでいないと聞いています」

「今はな。だが、お主《ぬし》をわざわざ殺す意味も無い。いずれ、何らかの形で帰れよう」

「そうなのですか……」

「嬉しくないのか？」

信長はくいと唇《くちびる》を曲げた。

「いえ……」

「はきとせんやつだ。言え」

強引だからか。いや、誰かにこの苦悩を打ち明けたかったのだろう。竹千代は本音を零《こぼ》した。

「私は……千貫の値しかないのです」

「何だ。そのようなことか」

「そんなことではありません。父上は一万貫でも蹴ったと聞いています」

竹千代は言っている傍《そば》から哀《かな》しくなり、ぐっと口を結んだ。

「もし一万貫で買い戻したら、松平家は吹き飛んでいただろう」

信長は片膝《かたひざ》を立てて語った。

松平家の嫡男である。通常、一万貫などで買い戻せるはずはない。今川家は何らかの密約があったと疑うだろう。それこそが織田信秀の狙いでもあった。そうなれば信秀は、松平家を先鋒《せんぽう》に、捨て石にして今川家と戦うつもりだった。信長はそういうのだ。

「そのようなことが……」

「だから、別に父に見捨てられた訳ではない」

「でも……千貫で売られたのは真《まこと》でございます。やはり千貫の価値しかないのです」

「お主がそう思うならばそうだろうな」

竹千代が今にも泣きたい気持ちになる中、信長はさらに続けた。

「慰《なぐさ》めの言葉でも欲しかったか」

「それは……」

まさしくそうなのだ。慰めてくれるのではないか。竹千代は心の何処《どこ》かでそう思っていた。

「今は千貫。それがどうした。己が万貫、十万貫と値を高めればよい。今の俺もお主とさして変わらぬ」

信長はにやりと笑った。それがふてぶてしく、それでいて爽《さわ》やかであり、竹千代は思わず頬を緩めた。

「そのようなものなのでしょうか？」

「生意気を言うな。そのようなものだ」

信長は小さく鼻を鳴らした。

以降、時折信長は姿を見せた。そして他愛もない話に興じ、さっと何かを思い出したように帰っていく。

竹千代が人質となって二年後の天文十八年（一五四九）三月、父松平広忠が死んだとの報が伝わって来た。どうも家臣により暗殺されたらしい。わんわんと声を上げて泣く竹千代の傍《かたわ》らに、その日も信長はいた。ただその時は普段と異なり、何一つ言葉を掛けずに傍にいるだけであった。

それから八カ月後の天文十八年十一月八日、織田家の安祥《あんじょう》城を今川軍が攻め、信長の庶兄《しょけい》である織田信広《のぶひろ》を捕らえた。この信広と竹千代の人質交換が決まり、今度は今川家の人質として駿河に向かうこととなった。その十日ほど前に信長は姿を見せたが、特に何も変わったことは話さず、最後の日にも姿を見せなかった。

竹千代が信長と再会したのは、十二年後の永禄《えいろく》四年（一五六一）のことである。竹千代は元服《げんぷく》して松平元信《もとのぶ》、さらに元康《もとやす》と名を改め、今川家から独立していた。今川家から独立出来た理由は、織田信長が桶狭間《おけはざま》の地にて、今川義元を討ち取ったことが大きい。今川家の混乱に乗じて独立を果たしたのだ。そして今、元康は信長との同盟を結ぶため、尾張国清洲《きよす》を訪ねている。

「久しぶりだな」

己のことなど忘れているのではないか。信長の一言で、それは杞憂《きゆう》だったと知った。

「はい」

「手短にやるぞ。ところで、今何貫だ？」

信長はあの日のように、不敵な笑みを見せた。

「あの日に比べれば、十万貫といったところでしょうか。まだ値は上がるものと思います」

「ならば今のうちに手を結んでおくか。ただお主が十万貫ならば、俺は百万貫だ」

「存じております」

ふっとどちらかが先に息を漏《も》らし、それはやがて笑い声に変わっていく。二人の会話の意味を解《げ》しかねて、両家の家臣たちが訝《いぶか》しそうにする中、暫しの間二人の笑い声が響き渡った。


竹千代様之御為には継祖父《ままをうぢ》なり。然共《しかれども》、少弼《しょうひつ》殿、小田《おだ》之弾正《だんじょう》之忠え永楽《えいらく》楽《せん》千貫目に、竹千代様を売《うられ》させられ給《たま》ひて、御舟に召て、熱田《あつた》之宮えあがらせ給ひ……（『三河物語』）

神奈川県

北条氏政

汁かけ飯の戦い

一

新九郎《しんくろう》は肩を落とし、とぼとぼとした足取りで自室に向かっていた。中庭の茂みが揺れる。夜風のせいだと頭では解《わか》っているのだが、びくんと躰《からだ》を強張《こわば》らせてしまった。すでに新九郎は齢《よわい》十四になるが、夜中に雪隠《せっちん》に行くことさえ未《いま》だに慣れていない。流石《さすが》に一人で行くものの内心ではいつも怯《おび》えている。三つ年下の源三《げんぞう》は、

――兄上はお優しいのです。

と慰《なぐさ》めてくれるが、気が弱い性質《たち》であることは自認しているつもりだ。今宵《こよい》、父に叱責《しっせき》を受けた時も、項垂《うなだ》れてひたすら詫《わ》びることしか出来なかった。

北条家《ほうじょう》は伊勢《いせ》新九郎によって興《おこ》った。やがて代を重ねて関東に勢力を伸ばす中で、伊勢姓《せい》を捨てて、かつて鎌倉執権《しっけん》であった北条家を名乗るようになったのである。

新九郎はその四代目になるはずであった。代々、嫡男《ちゃくなん》は祖《そ》と同じ「新九郎」を名乗ることになっているから、父がそのつもりであることは間違いない。

しかし、正直なところその器ではないと思っているし、父もまたそう思い始めているだろう。いや、実際に今日はそのようなことを口にした。

父の名は氏康《うじやす》と謂《い》う。三代目を継いでからというもの、民《たみ》に仁政《じんせい》を布《し》くだけでなく、着々と領土を広げていった。中でも古河公方《こがくぼう》、関東管領《かんれい》家八万の大軍に、十分の一の八千で夜襲《やしゅう》を掛

けて大勝した河越夜戦《かわごえやせん》の衝撃は、関東のみならず、上方《かみがた》まで轟《とどろ》いたという。曾祖父《そうそふ》や祖父に勝《まさ》るとも劣《おと》らず、

——相模《さがみ》の獅子《しし》。

などと呼ばれる名将である。

そんな父は少し変わった掟《おきて》を作った。十日に一度、必ず子どもたちと夕餉《ゆうげ》を取るということ。どれほど多忙であってもだ。野戦《やせん》に赴《おもむ》く時に一度だけ行なわれなかったが、籠城《ろうじょう》戦の最中《さなか》でも守られた。それが今日であり、その場において新九郎は叱責を受けたのである。

二

夕餉の最中、父は様々な話をする。政《まつりごと》のこと、戦《いくさ》のこともあれば、他愛《たあい》も無い話も多い。父から語って聞かせるだけでなく、子どもたちの話にも耳を傾ける。故《ゆえ》に弟たちはこの日を楽しみにしている。新九郎も楽しみでない訳ではないのだが、それ以上に緊張しているというのが本音だ。何か失態を犯せば叱責を受けてしまう。別に跡継ぎから外されるのが嫌という訳ではなく、ただ単にそれが恐ろしいのだ。

「父上、先日の戦の話をお聞かせ下さい」

戦の話を聞くのが好きな源三は、この日もそのようにせがんだ。父もまたまんざらでもなく、源三に詳しく話しつつ質問にも答える。源三には戦の才があり、将来はきっと優れた将に

なるだろうと新九郎も思っている。

「また弓の張りが強くなりました！」

嬉《うれ》しそうに報告するのは弟の新太郎《しんたろう》である。五つ下ということになっている。何故《なにゆえ》、そのような言い回しになるかといえば、実際のところはよく解らないのである。新太郎は新九郎とは母が異なる。そのような弟は他にもいるのだが、新太郎に才があると思ったのか、それとも他に何か事情があるのか、特別に近くに置かれた。源三の次に置こうとしたためか、このような歳だと言われているが、実際はもう一歳ほど若いのではないかと、新九郎は見ている。だがそのようなことはどうでもよいし、新太郎が苦しまぬように話題にすら触れたことはない。快活《かいかつ》を通り越して少しやんちゃで、同年代より優れた体軀《たいく》を有し、武芸が大好きな弟。それでよいのである。

「また喧嘩《けんか》したらしいな」

父が新太郎に対して声を低くして尋《たず》ねた。家臣の子どもたちとである。父は当主の子だからとて特別扱いはせず、家臣の子どもたちと混じって武芸、学問に励《はげ》むことを命じている。その時、喧嘩をするのもまたよし、としていた。とはいえ、新太郎は喧嘩ばかりしているのだ。

問われた新太郎は慌《あわ》てて、

「していません。助五郎《すけごろう》が止めたのです」

と、首を横に振った。

「ほう、助五郎が。そうなのか？」

「はい。兄上がやられるのは見たくなかったので」

助五郎は小さな声で応じた。助五郎は六つ下の弟である。武芸も学問も人並み以上に出来るのに、争いごとを好まぬ点は己《おのれ》に似ている。此度《こたび》も新太郎が七人を相手に挑《いど》もうとしたところ、助五郎がすっと間に入って収めたらしい。

「助五郎、俺はやられぬ」

「前は五人相手でやられたでしょう……止《や》めましょうよ」

新太郎は鼻息荒く言い、助五郎はちくりと諫言《かんげん》する。その二人の様子を見て、父は愉快《ゆかい》そうに頬《ほお》を緩《ゆる》めていた。このあたりまでは和《なご》やかな雰囲気が流れていた。父の顔が一気に険《けわ》しくなったのは夕餉の終盤、飯に汁をぶっ掛けて食す頃であった。父はこの汁かけ飯が好物であり、真似《まね》するうちに新九郎らも好きになっている。

新九郎は、杓《しゃく》に半分ほどの汁を飯に掛けた。盛った飯がやや多過ぎたのか、汁がやや足りぬと感じて今一度掛けた。その時である。父が唐突《とうとつ》に、

「新九郎」

と、厳しい声で呼んだ。

「はい……」

心《しん》の臓が止まりそうになるほど驚いたが、何とか絞《しぼ》り出した。

「汁かけ飯は毎日食っているのか」

「この二年ほどは……」

「ああ、何ということだ」

父は額《ひたい》に手を添えて漏《も》らした。

「止めた方がよかったでしょうか……」

「違う。二度掛けるとは何事だ。毎日食っておきながら、掛ける汁の量もわからない。そのことが嘆《なげ》かわしいのだ」

「それは……」

言い訳を仕掛けて止めた。明らかに盛られた飯の量が多かった。そのことに汁を掛ける瞬間まで気付かなかったのも事実だから。新九郎は項垂れながら、

「申し訳ございません」

と、素直に詫びた。飯も日々の鍛錬《たんれん》、このようなことは習慣なのに、お主《ぬし》は跡継ぎとして云々《うんぬん》――。父の説教が続く中、新九郎は何度も詫びた。中でも流石にきつかったのは、

「北条家も儂《わし》の代で終わりか……」

という一言である。父は言い過ぎたと思ったのか、その言葉を最後に説教を止めて席を立った。

父を恨《うら》む気持ちは毛頭《もうとう》ない。このようなことにまで気を配ることが、父が名将たる理由なのだと知っている。己の情けなさもある。が、それ以上に、折角《せっかく》の和やかな夕餉の最後を暗くさせてしまったことで、弟たちへの申し訳なさの方が大きかった。

三

新九郎は自室に戻ると、燭台《しょくだい》に火を灯《とも》して貰《もら》った。とてもではないが、すぐに眠れそうにない。ならば書見《しょけん》でもしようと考えたのである。

しかし、文字から目が滑《すべ》る。今宵、叱《しか》られたことだけではない。源三は将才があり、新太郎は武勇に優れ、助五郎は学問が出来て弁舌《べんぜつ》も爽《さわ》やか。それに比べて己はこれといった才が無い。それなのに世継ぎの座に着いている。いっそのこと家督《かとく》は源三に譲ってくれたほうが、北条家のためになると本気で思っている。

四半刻《しはんとき》(約三十分)ほど悶々《もんもん》としていた時、微《かす》かに跫音《あしおと》が聞こえたような気がし、新九郎ははっとして振り返った。気のせいかと思ったが違う。微かであるが確かに聞こえる。家臣ならばこのように跫音を殺す必要はない。考えられるのは曲者《くせもの》が侵入したということ。新九郎が悲鳴を上げようとしたその時である。さっと障子《しょうじ》が開いた。

「お主ら……」

源三、新太郎、助五郎の三人の弟である。源三は口に指を添え、

「しい」

と、息を吐《は》いた。

「何を……」

「兄上があまりに肩を――」

「新兄様、静かに」

新太郎は元来《がんらい》声が大きい。当人は潜《ひそ》めているつもりらしいが、これでも並の者の平時《へいじ》くらいである。助五郎はさっと新太郎の口を手で塞《ふさ》いだ。

「兄上があまりに肩を落としているから、こうして来たのです。と、言いたいようです」

助五郎は囁《ささや》くようにして続ける。

「その通りだ」

新太郎はにかりと笑った。

「それに幾《いく》ら父上といえども、今日のことはちと酷《ひど》いですから」

源三は苦々《にがにが》しく零《こぼ》した。弟たちは、新九郎の飯の量が常よりも多かったことに気付いていたらしい。

「気付かぬ私が悪いのだ」

新九郎は首を横に振り、

「それに……間違っていない。私は特に優れたる才が無い故な」

と、続けて自嘲《じちょう》気味に笑った。

「本気で仰《おっしゃ》っているので？」

新太郎がぐいと顔を近づける。

「真《まこと》のことだ」

「解っておられぬとは」

助五郎が大人びた口調で言う。

「兄上ほどお優しい人が何処《どこ》にいるのです」

新太郎は真剣な面持《おもも》ちである。

「仮にそれが真だとしても、何かに役立つ訳では――」

「俺たちがいるじゃないか」

新太郎は感情が零れたように肩を摑《つか》んだ。

「そうです。兄上だからこそ、私たちは支えていこうと思えるのです。もしこれが新兄ならば……」

「助五郎」

「痛い」

新太郎が肘《ひじ》で小突《こづ》き、助五郎は顔を顰《しか》める。源三は微笑《ほほえ》みを湛《たた》えながら言った。

「と、いうことです。もし兄上でなければ、当主の座を奪おうとしていたかもしれません」

「これ、源三。口が過ぎるぞ……」

源三はふっと頰を緩めて語った。

「兄上は将の将たれば良いのです。兄上の優しさに民が救われる時もきっと来るはず」

「皆……有難い」

新九郎は弟たちに向けて頭を下げた。

「それにしても父上、最近は少し苛立《いらだ》っておられる。負け戦が続いたからだろうな」

新太郎は腕を組んで頬を膨《ふく》らませた。

「これ、新太郎」

「普段ならば和議するところを、少し躍起《やっき》になっておられるようですね」

助五郎が淡々《たんたん》と言う。

「これ、助五郎」

「今日のことは兄上が可哀想《かわいそう》だ。一矢報《いっしむく》いるか？」

源三が悪戯《いたずら》っぽく笑うと、新太郎は弾《はじ》けるように、助五郎は狐《きつね》のように口を尖《とが》らせて頷《うなず》いた。

「これ……源三。全くお主たちは」

「兄上、何か考えましょう」

源三はふふと口元を綻《ほころ》ばせると、皆に車座《くるまざ》になるように言った。

四

それから十日後、遂《つい》に決戦の火蓋《ひぶた》が切られた。父は前回のことはすっかり忘れているようで上機嫌である。三方と戦っていたうちの一方に、目途《めど》が立ったということもあるのだろう。

「新九郎は最近、学問に励んでいるらしいな」

「源三、欲しがっていた兵法書《へいほうしょ》を頼んでおいた」

「弓が上達したらしいな。新太郎はやはりそちらだな」

「助五郎には、そろそろ馬を用意してやらねば……」

などと、皆に語り掛けてくれる。また楽しい夕餉の時が流れていった。

やがてまた、夕餉も終わりに差し掛かり、汁がたっぷりと入った鉄鍋と、それぞれに椀に入った飯が用意される。その時、父がちらりと新九郎を見る。前回のことを思い出したのだろう。微かにぴりっとしたものが流れたのは確かだ。

何事も一番は父。父が汁を掛ける杓に手を伸ばしたその時、ふいに思い出したように新太郎が話しかける。

「父上、そういえば槍の稽古《けいこ》で――」

父は新太郎の顔に視線を移すが、眼球が素早く動き、さっと手で制した。

「待て」

「ど、どうかなされたのですか?」

新太郎が首を捻《ひね》る。やや大袈裟《おおげさ》に。

「飯の量が些《いささ》かいつもより多い。おい」

父は部屋の外で待つ給仕《きゅうじ》に呼び掛け、飯を盛り直すように命じる。給仕はしっかりしろと軽い叱責を受けたため、新九郎は心苦しかった。新たに飯が運ばれてくると、

「何だった?」

と、父が新太郎に向けて尋ねる。今の兄弟の心境は同じはず。

――父上は隙《すき》が無い。

というものだ。実は給仕に頼み、ほんの少しだけ父の飯の量が多く見えるようにして貰っていたのだ。

「いえ……失念しました」

「また思い出したら話せばよい」

父は杓を手に取りつつ言った。今度は源三と助五郎が会話を始める。

「助五郎はもう少し食えるようにならねばな」

「はい。徐々にではありますが増えています」

父はうんうんと頷きつつ汁を掬《すく》う。皆が固唾《かたず》を呑《の》む中、父は汁が入った杓をゆっくりと飯の椀に向けて動かす。

「一度、猪肉《ししにく》でも……」

源三が会話を止めた。父がじっと杓を見つめていたからだ。

「如何《いかが》なさいました？」

源三が尋ねると、父は眉間《みけん》に皺《しわ》を寄せつつ杓を鍋に戻した。

「いつもの杓と違う。やや大きい」

「そうは見えませぬが……」

助五郎が粘りの一言を放り込むが、父は首を横に振った。

「いや、間違いない。危《あや》うかった。このままでは椀から零れてもおかしくなかった……一体、今日はどうなっているのだ」

父はあからさまに不機嫌になり、再び給仕を呼んで苦言を呈《てい》した。給仕は平謝りをして、いつもと同じ杓を持って来る。

「あるではないか」

父は低く独り言を零し、念入りに杓を確かめる。何かおかしいと思い始めているのか、その眉間に一本の筋が入っており、新九郎は背が冷たくなるのを感じた。それでも弟たちが頑張ってくれたのだ。その為にもやらねばならない。新九郎は静かに呼んだ。

「父上」

「どうした？」

「私も汁かけ飯は大好きです」

「そうか、そうか。美味《うま》いから……うおお！」

父が素《す》っ頓狂《とんきょう》な声を上げた。椀から、汁が、溢《あふ》れ出したのである。新九郎は安堵《あんど》に頬を緩め、源三と助五郎は顔を見合わせて頷き合い、新太郎に至っては、

「よし」

と、声を上げてしまっていた。

「どうなっているのだ……溢れるはずはない……『よし』？　新太郎、何か謀《はか》ったか！」

父が声を荒らげたため、新太郎はびくんと肩をすくめる。すぐに庇《かば》わねばならぬと思い、新

九郎は慌てて言った。

「私です」

「新九郎が？」

父は怪訝《けげん》そうな顔になる。

「いえ、私たち皆でやったのです。責めを受けるなら皆で」

源三はすぐに訂正した。あの夜、源三が皆に提案したのは、

——父上の汁かけ飯を溢れさせよう。

ということ。とはいえ洞察《どうさつ》に優れた父にそれをさせるのは容易《たやす》いことではない。給仕には全て責任を取ると頼み込んで、飯の量を多く見えるようにしてもらった。恐らくこれには気付くだろうとは思っていたが、一度指摘すれば油断も生まれるだろうと考えたからだ。

予想通り父は気付いた。では二手目。これは助五郎の考案したもの。杓をいつもよりも大きいものに変えさせた。しかし、父はこれさえも看破《かんぱ》した。

絶体絶命に思われたが、新九郎が言った何気ない最後の一手が決まった。

「上げ底になっているのか……」

父は理由に気付いたらしい。一見ではいつもと変わらないが、椀の半分近くまで上げ底になっており、いつもと同じ量の汁を注ぐと溢れる仕様になっている。

「重さは変わらないが……おっ」

父は椀の下を覗《のぞ》き込む。父ほどの人ならば椀の重さでも気付くかもしれない。故に上げた底

の下に重しをつけてある。

「これは気付かぬ。しかし、何故このようなことを……」

父は怒るよりも不思議そうに尋ねた。

「実は前回、兄上の飯は常よりも多かったのです」

源三は語り始めた。それに気付かなかったのは己のせいだと、新九郎は反省している。とはいえ、如何《いか》に注意深くとも失敗することはある。父は確かに新九郎よりも文武に優れているかもしれない。しかし、新九郎にも別の才がある。

「それがこれです」

源三は凛然《りんぜん》と締め括《くく》った。父は賢《さか》しい人だ。何を言わんとしているかをすぐに察したらしい。細く息を吐き、

「なるほど……そういうことか」

と、天井を見上げた。

「新九郎」

父は視線を落として呼んだ。

「はい……」

「先日は言い過ぎた。すまなかった」

「そんな……私のせいです」

「いや、よくぞやった。負けたわ」

父は頓着《とんちゃく》なくからりと笑った。

「四人掛かりですから」

新九郎が頬を緩めると、源三は頭を下げ、新太郎は拳《こぶし》を握り、助五郎は目を細めて息を漏らす。父はそれをぐるりと見渡し、

「北条家はまだ続くな。仮に未曾有《みぞう》の危機が訪れたとしても、お主たちならば最後の最後まで諦《あきら》めぬだろう」

と、自らに言い聞かせるように頷いた。

「それにしてもこの相模の獅子を嵌《は》めるとは……生意気な奴らめ。冷めてしまわぬうちに食うぞ」

父が片笑《かたえ》むと、四人は一斉に頷いた。それにしても誰が発起した、この椀は誰が考案したなどと賑やかな会話と共に、汁かけ飯を搔《か》っ込む音が部屋に響く。耳触《みみざわ》りよいとは言えぬ。だがこれが北条家の団欒《だんらん》の音だ。そのようなことを考えながら、新九郎も椀に口をそっと添えた。


氏康曰《いわ》く、今氏政《うじまさ》が食するを見るに、一飯に汁を両度《りょうど》掛けて食せり（中略）北條《ほうじょう》の家は、我一代にて終りぬとこそ言ひしなれ……（『名将言行録』）

千葉県

青に恋して

里見義弘

一

天文《てんぶん》七年（一五三八）は、里見義弘《さとみよしひろ》にとって忘れられぬ年となった。

事の発端《ほったん》は、小弓公方《おゆみくぼう》家と北条《ほうじょう》家の対立である。

足利《あしかが》家が幕府を開いて数十年経っても、関東は極めて不安定であった。そこで足利将軍は連《れん》枝《し》を送り込んで鎌倉公方とし、情勢を落ち着かせようとする。しかし、その鎌倉公方自体が足利将軍に反旗《はんき》を翻《ひるがえ》す始末。

また一門を送り込んで討伐《とうばつ》しようとしたり、分家が生まれたりして、「公方」を称する家が増えていく。小弓公方もそのようなうちの一つで、千葉郡小弓城を本拠としていたからそう呼ばれるようになった。

一方、北条家は伊勢新九郎《いせしんくろう》なる幕府の役人を祖とする。もとは駿河《するが》の今川家の後見人を務めていたが、混乱に乗じて伊豆《いず》、相模《さがみ》へと進出。さらに関東へと勢力を伸ばす中、この地にとって馴染《なじ》み深いかつての執権、北条家を称するようになった。

この二家、当初は良好な関係を築いていたのだが、北条家が江戸湾全域を掌中《しょうちゅう》に収めようとしたところで険悪となった。小弓公方家は内陸部の領地が少ないが、湾内の湊《みなと》を押さえることで利を得ていた。これが北条家に奪われれば立ち行かないからである。

北条家が別の公方と結んだことで、両者の決戦は避けられなくなる。この時、小弓公方に味方になるように請《こ》われたのが、義弘の父、里見義堯《よしたか》である。正直なところ義堯は、していた。

——気が乗らぬ。

と、思っていたらしい。いや、実際にまだ九歳だった義弘の前でも、そのようなことを漏《も》ら

里見家も五年前まで激しい御家争いをしており、家中はまだ完全に安定したとはいえない。しかもその時、小弓公方は義堯の敵の味方をしていたのだ。今更、助けを請われてもという思いもある。が、北条家の躍進《やくしん》を食い止めねば、いずれは里見家にも禍《わざわい》となる。渋々ではあるものの、小弓公方に味方して義堯は出陣した。

そして、負けた。大敗北である。当初、味方は押していたものの、北条家の反攻によって何と小弓公方その人が討ち死にしたのである。味方は総崩れとなり、里見家も多くの損害を蒙《こうむ》った。その時の混乱も鮮烈《せんれつ》に記憶している。

が、義弘が忘れられぬことはそれではない。その直後のことである。

義堯としても、こうなってしまえば小弓公方の残存勢力と積極的に結び、北条家に対抗せねばならない。加えて自身が乗り気でないため、公方を死なせたかもしれないことを申し訳ないと思う気持ちも少しはあっただろう。公方の遺児を保護した。

その中に青子《あおこ》がいた。義弘の二つ下の七歳。円《つぶ》らな瞳《ひとみ》、長い睫毛《まつげ》、白い肌、薄い唇《くちびる》。父の死は辛《つら》いはずなのに、それを表に見せずに気丈《きじょう》に振る舞っている様。その様が健気《けなげ》であり、また可憐《かれん》であり、義弘は一目見た時から青子に強く惹《ひ》かれた。それこそが義弘にとって、

――忘れられぬこと。

なのである。

さらに義堯は小弓公方家と相談し、今後の互いの結びつきを強くするため、義弘と青子を婚《こん》姻《いん》させることにした。九歳と七歳であるため形式的なものであるが、許嫁《いいなずけ》のようなものである。義弘は舞い上がるような心地であった。

「お主《ぬし》は嫌ではないのか？」

義弘は青子に尋《たず》ねたことがある。家が決めた婚姻であるが、想いをどうしても聞きたくなるほど、青子に惚《ほ》れていたのであろう。

「はい。安心しました」

「安心？」

義弘は鸚鵡返《おうむがえ》しに訊《き》いた。

「怖《こわ》い御方《おかた》だったら嫌だと思っていましたので」

「俺は怖いぞ」

嬉しい気持ちで一杯であるが、義弘は精一杯強がった。

「そうなのですか？」

「いずれは里見水軍の長《おさ》になるのだ」

里見家は強力な水軍を持っている。水軍の者は勇猛にして奔放《ほんぽう》。武士というより、海賊《かいぞく》と言われたほうがしっくりくる連中である。北条家の力は強大だが、海の上では里見家が常に圧倒していたのは、彼らのおかげである。

「ならばもっと安心」

「何故《なにゆえ》だ？」

「私が何処《どこ》にいっても、海を越えて来てくれそうです」

青子は玲瓏《れいろう》な声で笑い、義弘は顔を上気《じょうき》させたのを今もよく覚えている。

だが、青子と過ごす時は長くは続かなかった。それから一年後、青子は、鎌倉の尼五山《あまごさん》筆頭である太平寺《たいへいじ》に入ることになったのだ。

あまりに北条家の勢いが強く、里見家としてもすぐには本腰を入れて対立出来ない。そこで小弓公方との関係を曖昧《あいまい》にし、少しでも圧力を和《やわ》らげて時を稼《かせ》ごうとしたのだろう。その時、初めて義弘は父義堯に反発した。

「家のためというのが解《わか》らんか！」

義堯は一喝《いっかつ》と共に頬《ほお》を打擲《ちょうちゃく》し、以後はこの件について何も語らなかった。義弘は青子を見送ることはなかった。とてもではないが、合わす顔がなかったからである。

二

弘治《こうじ》二年（一五五六）の小春日和《びより》のある日、義弘は勝山《かつやま》湾へと向かった。

十八年前、北条家に大敗を喫《きっ》した後、国人《こくじん》衆の離反が相次ぎ、里見家は上総《かずさ》国の大半を失った。が、それでも義堯は諦《あきら》めず、着々と盛り返していき、失った分の三分の一程度は取り返している。

とはいえ、十八年でその程度。あの負け戦《いくさ》が如何《いか》に大きかったかが解る。あの時、小弓公方と適度な距離を取っていなければ、北条家と徹底的に戦うことになり、本国である安房《あわ》さえも失っていたかもしれない。

義弘も今では齢《よわい》二十七。領地挽回《ばんかい》に奔走《ほんそう》する義堯を補佐している。

義弘に任されたのは、里見家にとって虎の子ともいうべき水軍衆。彼らと良好な関係を築いておかなければ、里見家を継ぐことは出来ない。その為、早い段階から義弘に任せることにしたのだろう。

義堯の判断は正解であった。義弘もまた、どちらかといえば奔放な性質。それが水軍衆にはうけたのだろう。まるで義兄弟のように義弘のことを慕ってくれている。

勝山の湊には幾艘《いくそう》もの船が停泊している。船の修復を行なっていたらしく、人が沢山集まっている。

「おお、若様じゃあ」

皆がこちらに気付いて大きく手を振ってきた。その中の一人が義弘のもとに近付いてきて、話しかけてきた。

「よう、お越し下さいました」

名を安西才助《あんざいさいすけ》という。義弘より一つ下の二十六歳。水軍の頭の一人で、里見水軍の中でも

一、二を争うほど勇猛な男であるが、普段は打って変わって何とも陽気な男である。
「調子はどうだ」

「船の調子はようござる。しかし新たな船を造るには、ちいと銭《ぜに》が足りません」

才助は褐色《かっしょく》の頬を緩《ゆる》め、白い歯を覗《のぞ》かせた。

「あまり回してやれずにすまぬ」

「厳しいのはよう解っております。まあ、またどうにかします」

「ほどほどにしてくれよ」

里見水軍は度々北条家から略奪を行っている。これには北条家も手を焼いているが、里見水軍には太刀《たち》打ち出来ていない。とはいえ、あまりに刺激し過ぎると北条家も大軍で攻め寄せて来る。故《ゆえ》に、ほどほどに、なのである。

「今は北条の連中も動きにくいと思いますでな」

才助が何か情報を摑《つか》んでいるらしい。義弘は眉間《みけん》に皺《しわ》を寄せて尋ねた。

「何かあったのか？」

「小弓を取り込もうとしているらしいのです」

北条家は古河《こが》公方と結んで小弓公方と戦った。だが古河公方とも上手くいっている訳ではない。この先、決裂することも有り得るとして、小弓公方も取り込んでおきたいと考えたらしい。そこで北条家は一門の誰かと、小弓公方を縁付けさせようとしている。その相手として白《しら》羽《は》の矢が立ったのが、

――青岳尼《しょうがくに》。

という太平寺の尼僧である。これが今は亡き小弓公方足利義明《よしあき》の娘であり、還俗《げんぞく》させた上で云々《うんぬん》――。と、才助は饒舌《じょうぜつ》に語った。

「如何《いかが》なさった？」

才助は怪訝《けげん》そうに訊いた。話の途中から、義弘が茫然《ぼうぜん》としていたからであろう。

「いや……何でもない……」

義弘が話を変えようとするが、才助はしかと肩を摑んだ。

「何でもないことはないでしょう。俺がどれほど若を見てきたか。よくご存知のはず」

才助の声から軽妙さが消えていた。もはや言い逃れ出来ぬと考え、義弘は腹を括《くく》った。

心地よい波の音が耳朶《じだ》に響く。義弘が全てを語り終えると、才助が相好《そうごう》を崩す。

「そのようなことがあったのですか。ふふ……なるほど」

「笑うな」

「いや、申し訳ない。若も可愛らしいところがあったのじゃと思いまして」

「もはや過ぎたことだ」

「そうは見えませぬが？」

「向こうも忘れているだろう」

「いやいや、判《わか》りませぬぞ。確かめてみねば」

「その術《すべ》もあるまい」

鎌倉は北条家の領内であり、最も守りを固めている場所の一つ。文の一通さえ届けるのは難しい。だが才助は平然として言った。

「行けばよいでしょう」

「なっ……そのようなこと出来るはずが――」

「やりましょう」

義弘が話し切る前に、才助は真顔で言い放った。

「そのために水軍を動かすなど、父上がお許しになるはずがない」

「鎌倉は我らが略奪の標的として許されている地。わざわざお伺《うかが》いを立てる必要もない。そのついで……でござる」

「何故、そこまで……」

「北条は嫌いじゃ。里見は好きじゃ。若は特に好きじゃ。それでようござろう」

才助はにかりと悪戯《いたずら》っぽく笑った。

「何時《いつ》」

「今から」

才助はふっと息を漏《も》らして立ち上がると、配下に向けて大音声《だいおんじょう》で呼び掛けた。

「出るぞ！　鎌倉じゃ！」

「応!!」

一斉に動き出し、出航の支度に入る。義弘はあまりの展開の早さに呆気《あっけ》に取られていたが、その胸が高鳴っていたのは事実である。

三

僅《わず》か半刻（約一時間）後、義弘は海の上にいた。里見水軍十五艘が連なり、波を切って鎌倉に向けて猛進している。

「此度《こたび》は銭も米も奪わん。たった一人だけ奪ってくりゃあいい」

才助は配下に向け、此度の「略奪」について語った。

「もし、その尼様が嫌と申したらどうするので？」

若い配下が恐る恐る尋ねる。

「そりゃあ……若には諦めてもらうしかなかろう」

才助が気まずそうにこちらに視線を送る。

「ああ、それでいい」

「よし。そういうことじゃ」

才助は呵々《かか》と笑い、配下たちもやんやと囃《はや》し立てた。

やがて鎌倉の地が見えてきた。里見水軍に備えて、北条家の船が十数艘停泊している。来襲に気付いてすぐに乗り込み、こちらにすいと向かって来た。

「半分で蹴散《けち》らせ！　残り半分は擦《す》り抜けて陸に上がるぞ！」

才助が号令を発すると、あちらこちらから喊声《かんせい》が上がる。圧倒的である。敵の半分の数で、里見水軍は北条家の船を蹴散らす。巧みな操舵《そうだ》で擦り抜け、あっという間に陸に上がった。

「若、一刻（約二時間）で戻って来てくだされ。それが際《きわ》です」

才助は船に残り、退路を確保することに専念する。ここからは義弘が五十人を率いて件《くだん》の寺を目指す段取りである。

「解った。すまぬ」

「水軍の大将はそれくらい気儘《きまま》のほうがよろしい」

義弘は頷《うなず》くと、全力で駆け出した。村は略奪を恐れて逃げ惑う人々で溢《あふ》れていたが、己《おのれ》たちが全く襲ってこないことにむしろ困惑している。

山門が見えた。階段を上る。寺に飛び込むと、あちらこちらから悲鳴が上がった。海賊が寺に略奪に現れた。そう思うのも無理はないし、ある意味間違いではない。

「危害は加えぬ。故あって青岳尼を訪ねて参った」

義弘は尼たちを宥《なだ》めつつ居場所を探した。こちらの用向きが伝わったのだろう。とある建物から一人の尼が姿を見せた。面影がある。いや、確信した。青子である。

「太郎……様？」

青子は少し動揺しつつ訊いた。太郎とは己の幼名《ようみよう》である。

「ああ」

「何故、ここに……」

淡い落胆があった。青子は覚えていないのだろう。幼い頃のこと。それで当然である。それでも義弘は恥を覚悟で凜然《りんぜん》と言った。

「迎えに来た」

「真《まこと》に海を渡って」

青子が唇を綻《ほころ》ばせた。

「覚えていたか」

「当然です。でも真になさるとは……」

青子はころころと笑った。あの日と同じ澄《す》んだ笑い声である。

「来てくれるか」

「はい」

その瞬間、率いていた水軍衆たちからどっと歓声が上がる。一方、尼たちは何が何だか解らぬといったように唖然《あぜん》としている。

義弘は青子の手を取り、走り始めた。遠くに海が見える。北条家の船がまた一艘、静かに沈んでいくのが目に映る。

「乗り心地は悪いぞ」

「怖い水軍の船ですね」

「ああ、馬鹿ほど怖いものはない」

義弘は頰を緩めると、青子はまた小さく笑った。蒼天《そうてん》と滄海《そうかい》の間を縫《ぬ》うように、二人は潮《しお》の香りのほうへと足を弾ませた。

里見左馬頭《さまのかみ》義弘公（中略）弘治二年（中略）軍船數十艘に取り乗り、船印《ふなじるし》風に任せて飜《ひるがえ》し、三浦の沖へ漕《こ》ぎ出す。北條《ほうじょう》方には是《これ》を見て……（『里見代々記』）

愛知県 織田信長

阿呆に教えよ

一

近江《おうみ》に入ってからというもの、右手にずっと琵琶《びわ》の湖がある。燦々《さんさん》と降り注ぐ陽《ひ》の光を受け、湖面は銀鱗《ぎんりん》を撒《ま》いたかの如《ごと》く煌《きら》めいている。付き従う八十余人の者たちはその美しさに目を奪われ、時に感嘆の声を上げている。

——気楽なものだ。

織田信長は馬上、誰にも悟《さと》られぬように細い溜息《ためいき》を漏《も》らした。本来ならば己《おのれ》もこの美しい景色を存分に堪能《たんのう》したいところである。が、今はそれどころではなかった。

長らく馬に乗って肩が凝《こ》ったかのように、大きく伸びをして天を仰《あお》いだ。あまりに伸びをし過ぎ、ちょっとばかり上体がふらついた。

「殿、危のうございます」

家臣の一人が陽気に笑うと、他の者たちもどっと湧《わ》いた。

世の中には、己は苛烈《かれつ》な性質《たち》で、軽口の一つも叩けないなどと噂《うわさ》する者がいるが、それは嘘である。いや、厳密には悪《あ》しきこと、怠慢《たいまん》には苛烈な処置も行なう。だが、別にいつも張り詰めている訳ではなく、家臣はこのような冗談の一つも言えるし、それを許す鷹揚《おうよう》さも持ち合わせているつもりだ。

それに今、者どもは浮かれ切っている。今年、織田家は悲願の尾張《おわり》統一を果たした。とはいえ、この時点では武によって統一したに過ぎず、幕府の許しを得た訳ではない。そこで正式に認めてもらえるように、将軍足利義輝《あしかがよしてる》に贈り物を添えて使者を送った。少々の時と、追加の費《つい》えは掛かったものの、義輝はこれを認めてくれた。

此度《こたび》は義輝に謁見《えつけん》して、その礼をするための上洛《じょうらく》の最中なのだ。常日頃よりも浮かれるのは無理もないし、近江に入った頃までは己もまたそうであった。

「肩が凝るでな」

信長は再び伸びをする。そしてそのまま、頭を捻《ひね》って目の端《はし》で背後を見た。

——あれに気付かぬのか。

己たちの一行の一町ほど後ろを、三十人ほどの集団がずっと付いて来ている。明らかに怪しい。先ほど振り返った時などは、全員がもれなくさっと首を横に振って景色を見ているように振る舞った。そのあからさまな態度に、信長は思わず苦笑してしまったほどである。

——あの者たちは何か。

と、考えてみた。

まず十中八九、己の命を狙《ねら》っているとみて間違いない。

では、誰の意を受けた者なのか。尾張の隣国で、侵攻を恐れている伊勢《いせ》の大名、豪族の誰かの手の者か。

いや、あの者たちは、美濃《みの》の垂井《たるい》あたりからついて来た。通常、考えれば、美濃国主である斎藤義龍《よしたつ》の刺客《しかく》と考えるのが妥当《だとう》だろう。

「阿呆《あほう》か」

信長は思わず声を漏らした。

あれほど目立つように刺客を送るなど、義龍は相当な阿呆なのだろう思った。が、すぐに思い直した。義龍としてもこのように堂々と後を尾《つ》けるなどと思っていなかったに違いない。何時《い》、何処《つどこ》で討つなどと計画しても、そのようなものに狂いが生じてくるのは当然。そこは臨機応変にやると思っていたのだろう。だが義龍が思っていた以上に、刺客どもは阿呆であったということ。

義龍を見る目が無いなどと、嘲《あざけ》ることは出来なかった。あの堂々とした尾行に気付かぬ己の家臣たちも、負けず劣らずに阿呆である。

「何か?」

漏れ出た声が聞こえたようで、先ほどとは別の家臣が訝《いぶか》しそうに首を捻る。

「いや、何でもない」

信長は惚《とぼ》けつつ、

——さて、どうするか。

と、内心では思案していた。

こちらの一行は八十人。それに対して後ろの集団は三十人程度。挑《いど》んで来たとしても、数の上ではこちらが有利には違いない。

だが安心は出来ない。あの三十余人は選《え》りすぐりの強者《つわもの》であるということも考えられるのだ。

しかし己が警戒している以上、襲われたとしてもすぐに負けることはないだろう。逃げるための時くらいは十分に稼《かせ》げる。

――こちらから仕掛けるか。

とも頭を過《よぎ》ったが、これはまずいだろう。仮に斎藤の手の者だったとしても、京に用事があったなどと言い逃れをするかもしれない。そうなると非があるのはこちらとなる。ましてや将軍に謁見に向かう道中、そのような騒動を起こせば、織田家が幕府より睨《にら》まれることも十分に考えられる。

「そこまで考えた策か……」

信長は蓮《はす》の花が弾《はじ》けるほどの小声で呟《つぶや》いた。

堂々と姿を見せてもこちらからは手が出せない。一方、向こうは最も良い機で仕掛けられる。これを義龍が狙っているとすれば、なかなかの策士である。

信長は肩を揉《も》む振りをし、ちらりと後ろを見た。三十人ほどの男たちがさっと顔を背《そむ》ける。

――いや、違うな。

再び、信長は苦く頬《ほお》を緩《ゆる》めた。やはり当初に考えていたように、あの者たちがただ抜けているのだ。そして家臣たちも未《いま》だに気付かない。あまりに滑稽《こっけい》な話である。

ともかくこちらから仕掛けられないとすれば、次に考えられるのは、

――逃げること。

となる。

だがそれも難しい。こちらの数が多い以上、動きも鈍《にぶ》くなりやすい。いきなり逃げたとしてもすぐに追いつかれてしまう。

ならば己だけでも逃げるか。それも出来ない。敵には恐れをなしたと吹聴《ふいちょう》され、家臣たちには幻滅させることになる。

これが戦《いくさ》ならば良い。勝敗は兵家《へいか》の常。負けた時にはまず逃げる。そして一刻も早く立て直して反攻に出ればよい。だが此度の場合、繰り返すことになるが、まだ後ろの者たちが敵と宣言していない。これで逃げ出すならば、柳の木を物《もの》の怪《け》に見間違えて逃げるようなもの。敵からすれば、

——襲う気などさらさらないのに、信長は尻尾《しっぽ》を巻いて逃げた臆病者《おくびょうもの》。

と、言い張られてしまう。

やはり巧妙な策か。と、今度はこちらも堂々と思いきって振り返った。三十人余の男たちがぎょっとし、一斉に天を見上げる。良い天気だなどと話しているのか、ほぼ全員の口元が動いているのも見えた。

敵も味方も、やはり馬鹿、阿呆ばかりである。信長は正面に向き直ると、呆《あき》れて深い溜息を零《こぼ》した。

二

守山《もりやま》の地からは、大津《おおつ》に向けて船に乗ることになっている。

——これで撒《ま》けるだろう。

と、信長は思った。流石《さすが》に同じ船にまで乗り込んでくるとは思えなかったからである。

「何だ。こいつらは」

信長は呆れを通りこして、怒りが込み上げて来た。信長の予想に反して、男たちは船に乗り込んで来たのである。百人ほどが乗れる船に、織田家の者と、刺客らしき者たちだけ。船頭も急な盛況に驚き、同時に訝しんでいる。

「戯《たわ》け……」

信長は眉間《みけん》を摘《つ》まんだ。

同行する家臣の中に、丹羽兵蔵《にわひょうぞう》と謂《い》う者がいる。元は那古野弥五郎《なごややごろう》という者の麾下《きか》であったが、少し前に直臣《じきしん》に取り立てたものである。その兵蔵が男たちに近付き、

「良い空ですな」

などと、呑気《のんき》に語り掛けたのである。

男たちの顔が一斉に強張《こわば》る。相も変わらず判《わか》りやすいが、家臣たちは誰も気付いていない。

「むむ……ああ、そうだな」

男の中の一人が、狼狽《ろうばい》しながら応じる。

「皆々様はご一緒ですか。何処から来られたので？」

——訊《き》く阿呆がいるか。

信長は心の中で兵蔵を罵《ののし》った。

「み、美濃だ……」

——答えるのか。

笑いそうになるのを、信長はぐっと堪《こら》えた。

「美濃……さては、斎藤家の方々で？」

ようやく不穏《ふおん》な空気を感じたか。兵蔵が踏み込んで問うた。これには流石に答えないか、はぐらかすだろうと思ったが、

「うむ」

と、男はすぐに認め、

「そうでござるか」

と、兵蔵もにこやかに頷《うなず》く。

——いい加減にしろ。

信長は忌々《いまいま》しくなって舌を打った。

斎藤家とはかなり険悪である。が、現段階で戦が起こっている訳ではない。さらに旅路の途中は、両家の関係を持ち込まぬという不文律《ふぶんりつ》があるため、兵蔵の対応も別に間違っている訳で

はない。

だがこの人数はおかしいと思うべきであるし、斎藤家の者たちも刺客ならば刺客らしく誤魔《ごま》化《か》すべきだろう。己は些細《ささい》なことでも気になる性質であるため、己の家臣のみならず、斎藤家の者たちにも、しっかりしろと言いたくなってくる。それとも己が勘繰《かんぐ》り過ぎなのかとも考えたが、

「いや、いや……」

またすぐに思い直して小声で自らに言い聞かせた。

斎藤家の者たちは、己をちらちらと盗み見ており、その目はぎらぎらと血走っている。これで信長だと知らなかった、何もするつもりは無かったなどと言い訳出来るはずはない。

「貴殿《きでん》らは？」

男が兵蔵に尋《たず》ねた。

「三河《みかわ》からの旅路でござる」

――それはそう答えるのだな。

信長は何度目かの溜息を漏らす。誰かに己たち一行のことを聞かれた時は、念の為に三河者だと名乗るように事前に打ち合わせしていたのだ。兵蔵、それは守っている。

「な、なるほど」

「貴殿らは何をしに？」

兵蔵は反対に訊いた。まさかそこまで踏み込むとは思っておらず、冷や冷やした。

「そ、それは言えぬ。主君の命故《めいゆえ》」

男の動揺は大きい。その他の者も、わざとらしく頷いている。

「それはそうでござるな」

兵蔵もすぐに得心《とくしん》したので、疑っての問いでなかったのは確か。己から見れば茶番なのだが、当人たちは本気だから始末が悪い。

——己がどうにかするしかあるまい。

当初から判りきっていたことだが、信長は改めて覚悟を決めた。

船から下りると、また男たちは間隔を空けてぞろぞろとついて来る。

「一服したい」

信長はそう言って、大津の町で休息を取った。大津は物流の要《かなめ》であり、人通りも多い。ここで仕掛けて来ることはまずないだろう。信長は近くにいた男の童《わらわ》に手招きをした。

「頼みがある」

と、囁《ささや》くように言って銭を数枚握らせた。

「何?」

童は十歳くらいだろう。だが、すでに秘密の頼みだと察したらしく、左右をちらちらと見た後、声を落として訊いた。己の家臣たちより余程察しが良い。

「あそこの男たちが見えるか?」

「うん」

「美濃の者と名乗っている。あの者らが何のために旅をしているか聞き出して欲しい」

「おいらなんかに話してくれるかな……」

童は不安げに首を捻る。

「心配ない。阿呆だ。上手くやってくれればさらに銭を渡す」

「解《わか》った」

童はそう言うと、一旦人混みに身を隠し、男たちに近付いていった。何やら暫《しばら》く談笑した後、童はこちらに向けて目配せをする。ぐるりと回って己の背後に来た。

「どうだ」

背後に気配を感じたところで、信長は前を向きつつ訊いた。

「悪者を退治しにいく途中なんだって」

「ほう。誰かは流石に……」

「おだって人」

「そうか。思った以上の阿呆で助かった。いや、お主《ぬし》が優れているのだろう」

信長はそう言うと、手を後ろに回して追加の銭を渡した。

「ありがとう」

「武士になる気があるならば尾張に来い」

「なりたくないよ」

「残念だ。助かった」

信長はそう言うと、家臣たちに出立《しゅったつ》を命じた。

三

京に入ると、信長は兵蔵を近くに呼び寄せた。

「船で話していた男たち。後ろにいるのが判るか?」

「おお……真《まこと》ですな。あの者らも京に用事だったのですな」

「あの者らの宿舎を探れ。気付かれるな」

「解りました」

阿呆だが素直である。兵蔵はその訳も訊かずに列から離れた。

信長らも逗留《とうりゅう》する宿舎に入る。それから約半刻(約一時間)後、兵蔵が戻った。

「突き止めました」

「五郎八《ごろはち》」

信長は別の家臣を呼んだ。赤母衣衆《あかほろしゅう》の金森長近《かなもりながちか》。通称、五郎八である。

「何でしょうか」

「斎藤家の者が京にいる。船で一緒になった者たちだ。上洛を知ったので挨拶《あいさつ》に己を寄越《よこ》した。明日、一席設ける故、皆で訪ねて来て欲しいと言え。兵蔵を案内に付ける」

「は……」

五郎八は訝しんだようだが、これも言われたままに兵蔵と共に宿舎を出た。二人が戻って来たのはもう日が暮れた後のことである。

「向こうは何と？」

「何やら驚いていたようですが……承知したとのことです」

「そうか」

信長は頷いた。こちらから先に礼を尽くしたのである。刺客ということを隠している以上、断れないだろうと踏んでいたがその通りになった。

翌日、美濃の者らが訪ねてくる約束の時刻の一刻（約二時間）前、

「出るぞ」

と、信長は一同に命じた。

中には美濃の者が訪ねて来るのではと言う者もいたが、それまでに戻ると短く言い放つ。そして信長は八十人を引きつれ、美濃の者の宿舎を目指した。

少し離れたところで待っていると、宿舎から三十数人の男たちが出て来る。そもそも酒宴を開くことはおろか、己の宿舎に迎えるつもりすらない。大津の比ではない人通りの京の往来に、狙った時刻に、纏《まと》まって出て来させるのが目的であった。

「行くぞ」

「え……」

家臣たちは一瞬呆気《あっけ》に取られていたが、ずんずんと進む己に慌《あわ》てて付いて来る。美濃の者た

ちが、こちらに気付いてあっと声を上げた時、信長は往来に響き渡るほどの大音声《だいおんじょう》で呼び掛けた。

「この信長を殺しにわざわざ美濃より参った事、祝着至極《しゅうちゃくしごく》である！」

ぎょっとしたのは斎藤家の者たちだけではない。織田の家臣たちも同じ。そうなのかと顔を見合わせて囁き合う者もいる。往来を行き交う人々も一斉に振り向き、足を止めて成り行きを見守る者が続出した。衆目《しゅうもく》が集まる中、信長は割れんばかりの声で続けた。

「しかし、お主ら如きが、儂《わし》に刃向かうのは蟷螂《とうろう》の斧《おの》が如し。それでもやると言うならば、ここで掛かって参れ！」

この啖呵《たんか》に、京雀《きょうすずめ》たちは、斎藤家の者は卑怯《ひきょう》、それに比べて織田家の殿は堂々としているなどと語り始める。斎藤家の者としては、ここで襲い掛かる訳にもいかぬし、反論するだけの弁も持ち合わせていない。居たたまれなくなって一人が逃げ出したのを皮切りに、あっという間に逃げ散った。京の人々は己たちに向けて喝采《かっさい》を送った。

「殿……真に……」

兵蔵、五郎八を始め、家臣たちが顔色を窺《うかが》う。

「今少し人を疑え。尾張の外には魑魅魍魎《ちみもうりょう》が跋扈《ばっこ》している。それを切り従えて行く。付いて来る気はあるか？」

信長の問いに、家臣一同の頷きが揃《そろ》った。今、織田家は飛躍しようとしている。これまで通りには行かぬことばかり。家臣たちの意識が低いことをぼやいていても仕方がない。それを高めていくのは、主たる己の役目なのだと痛感していた。

「謁見が済み次第、尾張に帰るぞ。帰りは八風峠《はっぷう》を行く。奴らの待ち伏せがあるかもしれぬ」

信長は往路と復路を変えると宣言した。八風峠とは、近江から伊勢に抜ける細い山道である。

「先ほどはあれほど勇壮であったのに……」

兵蔵ははっとして自らの口を押さえた。斎藤家の者に啖呵を切った己と、同じ者とは思えなかったのだろう。

「これからは臆病さも必要になる。またおいおい教える」

信長は小さく鼻を鳴らし、家臣たちをゆっくりと見渡した。この者たちと、天下を目指す。

その決意を胸に、京の喧騒《けんそう》の中、信長は不敵に片笑《かたえ》んだ。


御詞《おことば》を懸《かけ》られ候《そうろう》。汝等《なんじら》は上總介《かずさのすけ》か討手にのぼりたるとな。若輩《じゃくはい》の奴原《やつばら》か進退にて、信長を躵《ねらう》事《こと》、蟷螂か斧と哉覧《やらん》……（『信長公記《しんちょうこうき》』）

秋田県

由利の豪傑

矢島満安

一

皆、唖然《あぜん》としている。

その中、矢島満安《やしまみつやす》は黙々と箸《はし》を動かし、時に盃《さかずき》に満ちた酒を一気に腹へと流し込んだ。盃をたんと置いた時、傍《かたわ》らで給仕をしてくれている者が、

「まだ……？」

と、恐る恐る声を掛けた。

「おおよ。まだ五分《ごぶ》にも満たぬわ」

「ひぇっ」

まるで物《もの》の怪《け》を見たかのように、給仕の者は素《す》っ頓狂《とんきよう》な声を上げた。

少し前、満安は出羽《でわ》の大領主である最上《もがみ》家に、とある頼み事をした。そのことについて話し合いたいため、来て欲しいと言われてやってきたのだ。まず宴席《えんせき》をということになり、こうして飯と酒を喰《く》らっている訳である。

最上の者たちの驚きようは今に始まったことではなく、己《おのれ》を一目見た時からそうだ。満安の身の丈《たけ》は六尺九寸（約二〇三センチメートル）。胸板は巌《いわお》の如《ごと》く厚く、腕などは女の腰ほども太い。そして口には虎髭《とらひげ》を蓄え、胸元からも剛毛が覗《のぞ》き、腕さえも熊《くま》の如く毛が濃い。最上家の家臣たちは文字通り仰天《ぎようてん》していた。

そして、さらにこの宴席である。満安はすでに常人の五、六人前の飯をぺろりと平らげ、二升《しょう》ほどの酒を胃の腑《ふ》に流し込んでいる。それで五分と言ったものだから、給仕の者だけでなく、皆が吃驚《きっきょう》したのだ。

「矢島殿、鮭《さけ》はお好きか？」

最上家の当主、最上義光《よしあき》が上座から尋《たず》ねた。義光だけは皆と異なり、驚く素振りは無い。これまで、興味深そうにまじまじと見つめているのみであった。

「好きです。ただ……」

満安は言葉を濁《にご》す。

「何だ？」

「当家の台所はとても豊かとは言えませぬ。それに加えて、この通り拙者《せっしゃ》は大飯喰《おおめしぐ》らい。家臣たちにも、どうか麦ばかり食ってくれと頼まれる始末で……そのような贅沢《ぜいたく》なものは滅多《めった》に口に出来ませぬ」

満安が項《うなじ》を掻《か》きながら答えると、義光はふっと息を漏《も》らした。

「よし、ならば用意しよう」

暫《しばら》くすると、鮭の丸焼きが運ばれて来た。並の鮭よりも二回りほども大きく、これほどのものは見ることがほとんど無い。脂《あぶら》がたっぷり乗っており、皮の裂《さ》けたところから滴《したた》っている。

義光は満安に向けて言った。

「好きなだけ食されるがよい」

「真《まこと》ですか⁉」

「構わぬ。流石《さすが》に一匹丸ごとは……」

「頂戴《ちょうだい》致す」

満安は箸も使わずに鮭の丸焼きに齧《かじ》り付いた。炭火の香ばしさが鼻孔《びこう》を抜け、極上の脂が口に広がる。余りに旨《うま》いため、舌の根のあたりから涎《よだれ》が一気に溢《あふ》れ出た。

「これほど旨い鮭を食ったのは初めてでござる」

満安は喰らいついて、どんどん胃の腑の中に収めていき、ものの四半刻（約三十分）も経たずして鮭は骨だけになった。これには流石に義光も驚いたらしく、目を見開いて感嘆《かんたん》を漏らした。

「凄《すさ》まじいな。よい食いっぷりだ」

「誇れることは他に一つだけ」

満安は照れ臭くなって苦笑した。

「他とは？」

「戦《いくさ》が強いことです」

満安はにかりと笑った。

「ふふ……気に入った。矢島殿に力を貸そう」

義光はふわりと言った。

「真ですか！　恐悦至極《きょうえつしごく》にございます」

満安は慌《あわ》てて居住まいを正して頭を下げた。頭を擡《もた》げると、最上の家臣たちが義光の顔色を窺《うかが》っている。己は鈍感だと思っているが、流石にこれは奇異《きい》に思って首を捻《ひね》った。

「実はな。今日は貴殿《きでん》を殺すつもりだった」

「なるほど」

義光が平然と言い、満安もまた他人事の如く返すので、最上の者どもが絶句している。

「仁賀保《にかほ》に力を貸すほうが良いと思った故《ゆえ》な……だが、こうして会ってみて間違いだと判《わか》った。矢島殿は豪傑《ごうけつ》よ。負けるはずがない」

「ありがとうございます」

「それに……共に鮭が好物な誼《よしみ》だ」

「ええ！　最上様も鮭が！　吐《は》く訳にもゆかず……ど、どう致しましょう？」

満安は狼狽《ろうばい》し、巨軀《きょく》を縮こまらせて上目遣《うわめづか》いに見た。その姿があまりに滑稽《こっけい》だったらしい。義光だけでなく、皆がどっと笑い声を上げた。

大熊のような風貌《ふうぼう》、武勇は鬼神《きしん》を思わせる。それでいて平時はどこか悪童《あくどう》の如し。矢島満安とは、そのような男であった。

二

矢島家は由利《ゆり》郡矢島を治める国人《こくじん》領主である。といっても、地侍《じざむらい》に毛が生えた程度に過ぎない。ただ由利郡からは突出して大名になるような家が終《つい》ぞ出ず、大小の国人たちが一揆《いっき》を結んでいた。平たく言えば、国人連合の治める地という訳だ。この国人たちを、

——由利十二頭《とう》。

などと呼ぶ。

仁賀保、赤尾津《あこうづ》、鮎川《あゆかわ》、潟保《かたのほ》、打越《うてつ》、子吉《こよし》、石沢《いしざわ》、下村《しもむら》、玉米《とうまい》、滝沢、岩屋《いわや》、羽根川《はねかわ》、沓沢《くつざわ》、芹田《せりた》氏など、ざっと挙げただけでも十二家を超えるのだが、十二神将《しんしょう》に準《なぞら》えてそのように呼称するようになったと言われている。

矢島家もこの由利十二頭のうちの一家であり、中でも仁賀保家と並んで頭一つ抜けた存在であった。故に、仁賀保家とは旗頭《はたがしら》の地位を巡って度々争いが起きていた。

そのような矢島家に、天文《てんぶん》十九年（一五五〇）の夏、満安は生まれた。生まれた時から頗《すこぶ》る躰《からだ》が大きかった。その後も満安はすくすくと育ち、いや、尋常《じんじょう》ならざる成長を遂《と》げた。齢《よわい》九つの時には、すでに身の丈五尺七寸（約一七三センチメートル）を超えたのだ。

父母共に並の人である。それなのに満安は、まだ大きくなる気配すらある。これには矢島の家《いえ》の子郎党《ころうとう》だけでなく、領民、挙句《あげく》の果てには父までが、

——何かが憑《つ》いているのではないか。

と、気味悪がった。満安は幼い頃からそう思われていることに気付いていたが、気付かぬ振りを決め込んで、常に快活《かいかつ》に笑って過ごした。

だが、気にはしていたのである。十歳の時には胸毛が生えて来て、それが妙に恥ずかしくて

陰で毟《むし》っていたのを母に見られた。母はそっと満安の大きな手に触れ、そのようなことはせずともいいと諭《さと》した。人間ではないなどと陰で揶揄《やゆ》されていることを吐露《とろ》すると、母はゆっくりと首を横に振った。

「あなたの大きな躰は、弱き者を守るために天が授けてくれたのです。胸を張りなさい」

母の優しい言葉が心に沁《し》み、満安はぽろぽろと大粒の涙を流したのを覚えている。

その年の春、母は死んだ。もともと病弱な性質《たち》であったから、満安が壮健《そうけん》なのが羨《うらや》ましいとよく言って微笑《ほほえ》んでいたものである。

さらに同じ年の秋、父も世を去った。こちらは戦である。仁賀保家との戦の中で傷を負い、何とか戻って来たものの、その晩に息を引き取った。父は枕元に満安を呼び、

「頼む……」

と、唸《うな》るように言ったのが最期《さいご》の言葉であった。満安は、哀《かな》しいと同時に嬉しさも感じた。初めて父に認めて貰《もら》えたような気がしたのだ。

そこから八年後、満安は十八歳ですでに今の体軀《たいく》にまで成長していた。満安が動いたのもその頃のことである。

「仁賀保に味方する者は討つ」

と宣言して、矢島家に対立する他の由利十二頭と合戦を始めた。

跨《また》がるは、八升栗毛《はっしょうくりげ》と名付けた駿馬《しゅんめ》。これも満安と同様に大飯喰らいで、八升の大豆を食うことから名付けた。八升栗毛は陣貝《じんがい》の音を聞くと勇《いさ》み立ち、満安を乗せて敵軍の中に怯《ひる》むこと

なく突貫《とっかん》する。

満安の剛勇《ごうゆう》は桁《けた》外れであった。馬上、筋金の入った樫《かし》の棒を振り回して暴れ回る。頭に当たれば粉砕《ふんさい》し、腹に当たれば臓腑《ぞうふ》を壊す。一度の戦で三十人を討ち取るなど間々《まま》あった。

矢島家の躍進に対し、仁賀保家は焦《あせ》りを募らせ、天正《てんしょう》三年(一五七五)に滝沢家と結んで攻め寄せて来た。

「纏《まと》めて屠《ほふ》ってやる」

満安はそう言うと、八升栗毛に跨って出陣。矢島軍が百二十ほどに対し、仁賀保、滝沢連合軍は三百ほど。ただこの戦で、満安は敵軍の実に二割に当たる六十余人を討ち果たすという、前代未聞の活躍を見せた。

その勢いを駆《か》って滝沢家の居館に攻め入ると、当主政家を含む多数の者を討ち取った。翌天正四年(一五七六)には、仁賀保家当主の明重を討ち取る。さらに翌年には、弔《とむら》い合戦を挑んできた次の当主安重も返り討ちにした。

これに仁賀保家の新たな当主重勝は大いに焦り、出羽有数の大名である最上家に支援を求めた。

一方、矢島家は仙北《せんぼく》三郡から勢力を伸ばす大名、小野寺《おのでら》家の後ろ盾《だて》を得ている。とはいえ、小野寺家は最上家が出て来ることを知って及び腰になっており、あまり支援は期待出来ない。万事休《ばんじきゅう》すかと思われて家中が沈《しず》む中、

「最上殿に攻めぬように頼む」

と、満安は書状を送ったのである。最上義光は仔細《しさい》を知りたいので参上せよと言う。矢島家中は罠《わな》だと止めたが、満安はそれを退《しりぞ》けて向かったのだ。

結果、義光は満安を大層気に入り、由利郡の争いには介入《かいにゅう》しないと約束してくれた。悲惨《ひさん》なのは仁賀保家である。頼みの綱《つな》である最上家が梯子《はしご》を外したことで、満安の猛威《もうい》に晒《さら》され続けた。

そして、仁賀保家との合戦で満安は獅子奮迅《ししふんじん》の働きを見せ、仁賀保重勝を自ら討ち取った。旋風《せんぷう》の如き一撃を受け、重勝は馬上から二間も吹き飛び絶命したのだ。

このまま矢島家が由利十二頭を統《す》べるかに思われた。だが、その前に豊臣秀吉が天下を統べ、私戦を禁じる「惣無事令《そうぶじれい》」を発したのである。こうして満安の戦いは幕を閉じた。

しかしある時、

――矢島満安は豊臣家の処置に不服。謀叛《むほん》の兆《きざ》しあり。

との不穏な噂《うわさ》が立った。満安は気にしていなかったのだが、あの最上義光に招かれて、

「それは真か。もしそうならば、儂《わし》も同道《どうどう》する故、上洛《じょうらく》して詫《わ》びるぞ」

と言われたので、事態は余程深刻だと気付いた。

だがそれから間もなく、満安の弟、与兵衛が謀叛を起こした。

このままだと矢島家が危ない。与兵衛が当主になり、秀吉に詫びるほかない。そう唆《そそのか》した者がいたのだ。その者こそ、

――最上義光。

だとの声が聞こえてきた。

満安はすぐに謀叛を鎮圧《ちんあつ》し、義光に苦情を訴えた。すると義光は、己の仕業《しわざ》ではない。恐らくは仁賀保の謀略《ぼうりやく》である。お主《ぬし》は万夫不当《ばんぷふとう》の勇士だが、謀略は児戯《じぎ》に等しい。まずは今後のことを相談しようとの返事があった。

義光の言う通り、確かに満安は謀略、調略《ちょうりゃく》が苦手であった。が、義光が裏切ったことも有り得る。満安は誰を信じてよいか判らなくなった。

その翌年、満安を憤慨《ふんがい》させることが起こった。矢島家領内の民《たみ》が何者かに斬殺《ざんさつ》されるという事件が続いたのである。

「これは仁賀保の手の者に違いない！」

満安が怒り散らしている最中、最上義光から、

――これは挑発。乗るな。

との書状が届く。しかし、満安はこれを放っておく訳にはいかなかった。母が語ってくれた、

――あなたの大きな躰は、弱き者を守るために天が授けてくれたのです。

という言葉が脳裡《のうり》を駆け巡っていたのである。

「行くぞ!!」

満安は百余騎を率いて、仁賀保の館を目指して出陣した。するとまるで予《あらかじ》め用意していたかのように、仁賀保が軍勢を出す。それだけでなく、他の由利十二頭が続々と仁賀保に味方したのである。

「掛かったぞ！」

「惣無事令に背《そむ》きおったわ！」

などという声も満安の耳に届いた。

やはり、己は仁賀保に嵌《は》められたのだ。だが、それがどうした。指を咥《くわ》えて民を見殺しにしていてよいのか。何の為にあるのだ。己のこの大きな躰は――。

「仁賀保を討てぇ!!」

満安は先頭を駆け、十倍からなる敵勢に躍り込んだ。八升栗毛が疾駆《しっく》し、満安の樫の棒が唸る。満安は迫り来る敵を次々に討ち果たした。百までは数えたが、それ以上はもう判らない。気が付けば味方は三十数騎まで減っており、満安の全身は朱《しゅ》に染まっていた。

「殿、館が！」

家臣が指差した。矢島の館がある辺りから黒煙が上がっている。やがて、館を追われて逃げて来る一族郎党も目に入った。女子ども、老人ばかりである。中には己の妻子の姿もある。

敵の別働隊が館を落としたのだ。仁賀保は正面からでは己に勝てぬと察し、長きに亘《わた》って策《さく》謀《ぼう》を練っていたのであろう。個の武勇で戦の勝敗が決する時代は、いつの間にか去っていたと悟った。もはや、己が出来ることは何もないのだ。

――いや、違う。

まだやれることがある。矢島家は滅ぶかもしれぬが、まだ守れる者はいる。

「西馬音内《にしもない》城へ！」

逃げて来た者たちと合流すると、満安は大音声《だいおんじょう》で叫んだ。西馬音内城は妻の実家。小野寺茂《しげ》道《みち》の城である。

「俺が殿《しんがり》を務める。先に行けぇ!!」

追手が続々と攻め来る中、満安は単騎で敵中に突っ込んだ。飛来する矢を払うものの、幾つかは身に刺さった。それでも満安は止まらぬ。野獣の如き咆哮《ほうこう》と共に暴れ回り、近付く者全てを破壊していく。

「八升!」

愛馬、八升栗毛の眉間《みけん》に矢が刺さった。が、八升栗毛は止まらぬ。敵を数人吹き飛ばして半町ほど突き進んだところで、遂《つい》に力尽きてどっと頽《くずお》れた。

「掛かって来い!!」

徒歩《かち》となるも、満安は喚《わめ》きながらまだ前へと進む。己が一歩進むだけ、皆が一歩遠くへ逃げられる。己の巨軀はその為にあるのだ。

やがて目が霞《かす》み、沼を行くように足が重くなる。行け、行け、行け。満安はそれでも自身の躰に命じ、新たな時代に抗《あらが》うように歩を進め続けた。


身ノ丈六尺九寸有テ熊ノ如ク鬚《ひげ》有テ尋常《じんじょう》ノ五六人ヲ喰《くら》フヘキ飯ヲ一人シテ食シ其上《そのうえ》大キナル鮭ノ魚ノ丸焼ヲ一本引ケルニ……（『奥羽永慶軍記《おううえいけいぐんき》』）

静岡県

今川義元

義元の影

一

弾《はじ》けるが如《ごと》き音が耳朶《じだ》に響き渡り、今川義元《よしもと》は跳《は》ねるように身を起こした。寝所《しんじょ》は静まり返っている。己《おのれ》の声で目を覚ましたのである。

「殿《との》!」

すぐに宿直《とのい》の小姓《こしょう》が襖《ふすま》を開き、伺《うかが》いを立てることも無く寝所に踏み込む。数は四人。どの者の手にも太刀《たち》が握られている。曲者《くせもの》が入ったのではないかと考えたのだろう。

「何でも無い」

義元は呼吸を整えつつ、血相《けっそう》を変えた小姓たちに向けて言った。

「真《まこと》に……」

一人がすぐに火を取って来て行燈《あんどん》を灯《とも》していく。残りは部屋の隅々《すみずみ》を見渡しつつ、最後に己の掻巻《かいま》きへと視線を集めた。

優秀な者たちである。曲者が布団《ふとん》に忍び、刃で己を脅《おど》して小姓を追い払わせようとしている。その可能性に気付いている。

「心配無い」

義元は頬《ほお》を緩《ゆる》ませ、掻巻きを捲《まく》って見せた。それでようやく小姓たちも安堵《あんど》した顔になる。

五日後に大掛かりな出陣を控《ひか》えている。今川家の総力を挙げて尾張《おわり》へ侵攻し、織田家を屈《くっ》せしめるつもりなのである。

兵糧《ひょうろう》も十二分に用意してある。兵を損なうことなく織田家を麾下《きか》に加えられれば、それを先陣に立ててそのまま美濃《みの》に雪崩《なだ》れ込むのもよし。美濃も戦わずして降《くだ》れば、その先は天下も見えて来る。

そこまで上手く事が運ぶとは思っていないが、有り得ないことではないため心の躍《おど》りはある。それは家臣たちも同じであるため、今この時に己に何かあればと気を尖《とが》らせているのだ。

「今少し眠る」

鷹揚《おうよう》な口調で語り掛けると、小姓たちは火を灯したばかりの行燈を吹き消し、寝所から下がっていった。それを見届けると義元はごろんと布団に横になり、再び訪れた闇を眺めた。

目が慣れて来ると茫《ぼう》と天井が浮かびあがり、木目《もくめ》まで判《わか》るようになる。節《ふし》の紋様《もんよう》三つを捉《とら》えれば顔の如く見え、やがて重なるようにある男の顔が思い浮かぶ。

ここ数日、ずっと悪夢に現れる男である。今日は遂《つい》に悪夢に耐えきれず声を上げ、飛び起きてしまったのだ。

――あいつは死んだはず。

義元は眉間《みけん》に皺《しわ》を寄せて瞑目《めいもく》した。しかし瞼《まぶた》に男の顔がこびりついて離れない。

一月《ひとつき》前の話である。義元が輿《こし》に乗って市井《しせい》を見回っていると、軒《のき》を連ねる家の隙間《すきま》の細い道から、ひょいとこちらを覗《のぞ》く者が目に入った。

義元は吃驚《きっきょう》して思わず言葉を失った。その相貌《そうぼう》はまるで鏡を覗いているかのように、己に瓜《うり》二《ふた》つだったのだ。すぐに家臣に追わせたが、男は忽然《こつぜん》と姿を消していた。

疲れから見間違ったのかと思ったが、そこから五日ほど後、兵の調練《ちようれん》を見分《けんぶん》しに行った時も、森の木陰《こかげ》から己に生き写しの男がこちらを覗《うかが》っている。

「あそこだ！　捕まえろ！」

義元は叫んだが、突然取り乱したので配下の者は何の話か分からない。その隙に男は森に溶け込んで消えた。

それから十日後の鷹狩《たかが》りでも、葦《あし》の林の間にその男が立っているのを見た。この時は配下に追わせはしなかった。

――どうやら疲れているのだ。

男は幻覚であり、実際にはそこにいない。そう考えて目を背《そむ》けたのである。しかしそれからというもの、毎夜のように己の顔にそっくりの男が夢に現れ、義元は魘《うな》され続けている。

義元の父の名は今川氏親《うじちか》と謂《い》う。家を奪わんとする一族を討ち滅ぼして家中の争いを鎮《しず》め、本領である駿河《するが》国に加え、領地を遠江《とおとうみ》国まで広げた。さらに分国法《ぶんこくほう》である「今川仮名目録《かなもくろく》」を定めて、今川家を守護大名から戦国大名へと脱却《だつきやく》させた英傑《えいけつ》である。

そんな父には、己も含めて五人の息子がいた。まず長男の氏輝《うじてる》は世継《よつ》ぎとして育《はぐく》まれ、実際に家督《かとく》を継ぐに至る。

嫡男《ちやくなん》以外が寺に出されることは多々あることである。三男は花倉《はなくら》という地にある遍照光寺《へんしようこうじ》に出され、玄広恵探《げんこうえたん》と名乗ることになった。

同じく四男も富士郡瀬古善得寺《せこぜんとくじ》の太原雪斎《たいげんせっさい》に預けられた。後に雪斎に連れられて建仁寺《けんにんじ》に入り、梅岳承芳《せんがくしょうほう》と謂う法名《ほうみょう》で呼ばれるようになり、京に住まうことになる。これこそ今川義元の前身である。

五男の氏豊《うじとよ》は尾張の織田信秀《のぶひで》の奇計に嵌《はま》り城を乗っ取られ、命乞いをして助かったが、一族に合わせる顔が無いと出奔《しゅっぽん》して京に向かった。

では次男はどうか。次男は彦五郎《ひこごろう》と謂う今川家累代《るいだい》の名を与えられたが、幼くして心を病《や》んだということで、家臣たちの目にも触れずに、ずっと軟禁《なんきん》同然で駿府館《すんぷやかた》に置かれた。

やがて父が他界し、家督を継いだ兄である氏輝も病弱であったために間もなく死んだ。同日に次男彦五郎も死んでいる。理由は語られることなく、ただ死んだとだけ家中に告げられた。

これによって三男玄広恵探と、四男梅岳承芳で家督を争う戦《いくさ》が勃発《ぼっぱつ》した。後に花倉の乱などと呼ばれることになる争いである。

玄広恵探は有力家臣の福島《くしま》家を味方につけ、初めこそ意気軒高《けんこう》であったが、戦いは僅《わず》か十五日で決した。梅岳承芳が大勢力である相模《さがみ》の北条《ほうじょう》氏の協力を取り付け、恵探の立て籠《こ》もる花倉城を攻め立てて自刃《じじん》に追い込んだのである。

こうして梅岳承芳は、いや、還俗《げんぞく》した今川義元は家督を相続し、後に「東海一の弓取り」と呼ばれるほどの戦国大名になったのだ。

義元は甲斐《かい》の武田、相模の北条と三国同盟を結んだ。このことでようやく宿敵《しゅくてき》である織田家に全精力を傾けられることになり、あわよくば天下を窺《うかが》うために尾張へ軍を進めようとしている。

ようやくここまで来たのに、気弱になっている訳にはいかない。義元は例の男を幻と断じて己を奮《ふる》い立たせた。

二

義元は二万五千の大軍と共に駿府城を発《た》った。梅雨時《つゆ》であるため曇天《どんてん》であるのは残念だが、義元はすっかり男のことなど忘れて晴れやかな心地であった。

領内の百姓たちも我が殿の威風堂々たる姿を見送ろうと、道々に溢《あふ》れて跪《ひざまず》いている。いつも以上に上機嫌であったこともあり、義元は我が民《たみ》たちに眼差《まなざ》しを送って一々頷《うなず》く。

藤枝《ふじえだ》に入ったところで、ぽつぽつと小雨が降り始めた。かといって見送りをやめる訳にいかず、百姓たちは雨に濡《ぬ》れながら行列に頭を垂れ続ける。

些《いささ》か不憫《ふびん》であるため、行列を急がす下知《げち》を出そうとした矢先、義元の目に有り得ないものが飛び込んで来た。百姓たちの後ろに鬱蒼《うっそう》と広がる森の中、あの男がまたこちらを覗っているのだ。

義元は輿から飛び降りて駆け出した。当然ながら家中の者たちは大慌てで追おうとする。

「待て、玄広恵探！」

花倉の乱で死んだ兄の名を叫んだ主君の気が狂《ふ》れたと思い、家臣たちは愕然《がくぜん》として止めようとした。

「付いて来るな!!」

義元は家臣たちに向けて鋭く咆哮《ほうこう》した。

「しかし――」

「付いて来た者には切腹を命じる！」

知られる訳にはいかない秘事《ひじ》がある。己の眦《まなじり》は釣り上がり、鬼気《きき》迫る表情なのだろう。家臣たちが茫然《ぼうぜん》とする中、義元は森へと踏み込んだ。

腐った枯れ葉が雨に濡れており、足が滑《すべ》る。それでも義元は懸命に走った。男の背をはきと両眼で捉えているのだ。

「待て！」

義元が叫ぶと、男はゆっくりと振り返る。やはり己と同じ顔。この顔を持った者は世に一人しかいないことを知っている。

「恵探……生きていたか」

「ああ。だが恵探はお主《ぬし》だろう？」

義元は下唇《したくちびる》を嚙《か》みしめた。男の謂う通り、己こそがまさしく玄広恵探なのである。実は今川家の次男と三男は双人《ふたり》同時に生まれた。これは不幸を呼ぶ「畜生腹《ちくしょうばら》」とされ、忌《い》み嫌われるもの。通常はどちらか片方が殺される運命である。

ところが父は幼い頃に苦労したせいか性根《しょうね》が優しく、それをすることが出来なかった。この乱世であるため嫡男がいるとて、安心は出来ない。故《ゆえ》に次男を彦五郎と名付けて手許《てもと》に置き、三男を寺に出すことにしたのである。

だがその顔は瓜二つで、見れば誰しも解《わか》る。そこで彦五郎は気を病んだとして軟禁した。嫡男が壮健であれば、そのまま一生を終えるはずだった。

兄が他界した直後、己は寺を抜け出て駿府へと走った。

外祖父《がいそふ》である福島家は、己を擁立《ようりつ》して今川家を手中に収めようとしている。一方、義元を擁《よう》する太原雪斎も同様の考え。雪斎は北条家とも懇意《こんい》にしており、この戦いに勝ち目はないと己は思い定めたのだ。

己がいなくなれば、福島家は神輿《みこし》を失って諦《あきら》めるだろう。己は死ぬのが怖《こわ》かった。兄のように軟禁されようとも生きていたかったのである。

だが己を待ち受けていたのは、予想を遥《はる》かに超える出来事であった。

「丁度《ちょうど》よいところに来た」

雪斎はほくそ笑んだ。

実は雪斎が養育していた梅岳承芳は、半年前に病《やまい》で死んでいたのである。これでは流石《さすが》の雪斎も何も出来ない。軟禁されていた彦五郎を梅岳承芳に仕立て、家督を争わせようとしていたのである。

ところが彦五郎は長年、外に出ていなかったことで躰《からだ》の調子が頗《すこぶ》る悪い。折角《せっかく》戦いに勝っても玉《ぎょく》が死んでしまっては意味がない。そこに瓜二つの己が逃げ込んで来たのだから、

――こっちを梅岳承芳にしてしまおう。

と、考えたのである。これだけならば花倉の乱は起きなかったはず。だが雪斎は有り得ない奇策に出た。

このまま今川家の家督を継がせても、福島家は存続して目の上のたん瘤《こぶ》となる。戦いの末に滅ぼしてこそ盤石《ばんじやく》になると考えたのだ。

そこで雪斎は彦五郎に向け、

「私はこの件から手を引きます。福島殿の元へ行けば、すんなりと家督を継げるでしょう」

と騙《だま》し、彦五郎を花倉城に送りつけたのである。

見た目には解らぬほどの双子である。大抵の者には判別が付かない。

一部には疑った者もいただろうが、玉が逃げ出して失意に暮れていたところだったのだろう。これ幸いにと敢《あ》えて深く考えないようにし、玄広恵探として扱ったはずである。

これまでの日陰の暮らしから、一躍大名の座に就《つ》く。彦五郎は胸を躍らせていたに違いない。

しかし結果は世間も知った通り。真の玄広恵探が今川義元となり、彦五郎が玄広恵探の一生を引き受けて死んだ。そのはずだったのだが、こうして目の前に現れたということは、生きていたということを疑うべくもない。

「これまでどこにいた……」

「我らの弟の所にな」

花倉城を抜け出した彦五郎は、京に逼塞《ひっそく》している五男氏豊の元に走ったらしい。

「何が望みだ」

「暮らしが貧しくてな。俺も弟も一生を取り戻したいと願っている」

同じ顔の二人が話している。他者が見れば腰を抜かすに違いない。

「金か」

「ああ……」

「今は持ち合わせていない。脇差《わきざし》を――」

義元が腰に視線を落としたその刹那《せつな》、彦五郎は猿《ましら》の如く飛びかかり馬乗りになった。そして諸手《もろて》で己の喉《のど》を激しく締め上げる。

「刀で殺しては衣服に汚れがつくからな」

鬼の形相《ぎょうそう》の彦五郎の一言で意図を察した。彦五郎は己の、今川義元の一生を乗っ取ろうとしているのである。

「馬鹿な……無理……だ……」

「我らが畜生腹と知った者はもういない。露見《ろけん》するかよ」

「違う……お前では……織田に勝てぬ」

己は今川義元として家督を継ぎ、雪斎の薫陶《くんとう》を受けて数多くの戦に出て来た。

今でこそ東海一の弓取りなどと呼ばれているが、初めは戦のいろはも知らなかった。あの頃の己ならば幾《いく》ら大軍を擁していても、織田家に敗れると解る。

この彦五郎も戦の素人《しろうと》。寡兵《かへい》とはいえ百戦錬磨《ひゃくせんれんま》の織田軍に、敗れるにちがいない。

「十倍の兵で負けるか」

「勝てぬ……戦はそのように甘く……」

息が詰まり舌が反《そ》り返る。義元は薄れゆく意識の中、卑《いや》しく嗤《わら》う己の顔を見た。

四半刻《しはんとき》（約三十分）も経たずして義元は森から戻った。心配そうに顔を引き攣《つ》らせる家臣に向け、何があったのか一部始終を語った。

「玄広恵探の亡霊が出たのだ。此度《こたび》の出陣を取りやめねば、今川家が滅ぶなどとほざきおった。故に亡霊とて許し難《がた》く、一刀の下に斬り伏せてやった」

そう言って豪放に笑うと、ようやく家臣たちの顔にも笑みが戻り、

「さ、左様《さよう》でございますか！　それは祝着《しゅうちゃく》」

「亡霊となっても愚かな男ですな」

などと、口々に阿《おもね》りの言葉を吐《は》く。

行列は再び尾張へ向けて動き出す。少し前に降り出した雨はいつの間にか止み、雲間から日差しが差し込んでいる。

「織田家を踏みつぶして、そのまま京まで上るぞ」

そう言うと、家臣の一人がすぐに微笑《ほほえ》みを向ける。

「昨日までは慎重《しんちょう》にと仰《おつしや》っておられたのに、心の閊《つか》えが取れて勇気が漲《みなぎ》っておられますな」

「ふふ。そうじゃ、京には弟の氏豊がいる。天下を獲《と》った暁《あかつき》には、どこかに一国をくれてやろ

う」

「ほう。それはお優しいことで」

「左様、左様」

軽い調子で答えて頷く。こんな時、義元はどのような表情をすればよいのか。そんなことを考えながら己の頬をつるりと撫《な》で、再び雲間の光へと目をやった。


駿河の国藤枝を被通《とおられ》けるとき、花倉町中に被立《たたれ》けると義元見て、刀に手を懸《かけ》らるゝ、前後の者一圓（円）不見之《これをみえず》、奇特云々《うんぬん》……（『当代記』）

山形県

最上義光

裸の親子

一

緩《ゆる》やかな風に木々は揺れ、紅《くれない》に染まった葉が幾《いく》つか宙《ちゅう》を舞った。鼻孔《びこう》には秋の香りが広がる。一年のうちで最も過ごしやすい季節といえよう。

そのような穏やかな風景を見ながらの旅路なのだが、源五郎《げんごろう》の心中は何とも複雑であった。己《おのれ》でも何と表現してよいのか解《わか》らない。

「源五郎、あれを見てみよ」

父の義守《よしもり》が指で示すものの、何を指しているものか解らなかった。一本の木である。その指先はその幹《みき》辺りを向いている。源五郎は目を凝《こ》らしてようやく、

「蓑虫《みのむし》ですか」

と、答えた。蓑虫が風に揺れている。まるで宙に浮いているかのように見えるが、枝から一見では判《わか》らないほどの細い糸が伸びていた。

「うむ」

「それが……何か」

何の意味があるのか解らず、源五郎は眉《まゆ》を寄せた。

「いや、ただ久しぶりに見た故《ゆえ》な」

義守は困ったように告げた。恐らくは無理やり会話を作ろうとしてくれたのだろう。己の返

答が悪かったせいで、話はそこで断ち切れてしまった。

最近はずっとこのような感じである。親子仲が悪いという訳ではないが、決して良いとも言えない。微妙な溝があるのだ。源五郎は何か捻《ひね》り出そうとしたものの、口から零《こぼ》れたのは、

「そうですか」

という素《そ》っ気《け》ない言葉であった。先刻までのような無言の時が生まれた。その静寂《せいじゃく》を埋めるように、秋風に木々が鳴いている。

二

天文《てんぶん》十五年（一五四六）の元日、源五郎は最上《もがみ》義守の長男としてこの世に生を享《う》けた。最上家は清和《せいわ》源氏である足利《あしかが》氏の支流、三管領《さんかんれい》の一つ斯波《しば》家の分家に当たる。出羽《でわ》の中ではまず名家の部類に入るだろう。父はその十代目であり、嫡男《ちゃくなん》の源五郎は十一代目を継ぐ予定という訳だ。

白寿丸《はくじゅまる》という縁起の良さそうな幼名《ようみょう》を付けるあたりからも、如何《いか》に待望されていたかということが窺《うかが》える。

永禄《えいろく》元年（一五五八）、十三歳の年に元服《げんぷく》して、今の通称である源五郎を名乗り始めた。正式な名は、最上源五郎義光《よしあき》である。

源五郎は幼い頃から躰《からだ》が大きく、元服した頃にはすでに父の身丈《みたけ》を大きく越えていた。腕力

も同年代の者とは比べ物にならぬほど強く、槍《やり》の稽古《けいこ》では大人にも全く引けを取らない。三人張りの強弓《ごうきゅう》を引き、馬も難なく乗りこなす。かといって学問が出来ない訳でもなく、こちらも卒《そつ》なくこなす。義守はそのような源五郎の成長を見て、

——最上家は安泰《あんたい》ぞ。

と、手放しで喜んでいたものである。

良好な親子関係にひびが入ったのは、源五郎が十五歳の頃、初陣《ういじん》が切っ掛けであった。

最上家は元々、伊達《だて》家に従属する立場であった。が、伊達家の内乱に乗じて独立以降、領土拡大に邁進《まいしん》してきた。伊達家が勢力を盛り返して来た時、再び従属を迫られても拒否出来るだけの力を蓄えるためである。

その一環として、最上家は村山《むらやま》郡の寒河江《さがえ》家を降《くだ》すべく戦いを行なっていた。ここまでの成果は一進一退というところだったが、ここで決着を付けるべく腰を上げた。この戦《いくさ》が源五郎にとっての初陣となったのである。

最上家は千二百の軍勢で攻め込んだ。一方、寒河江家は五百にも満たぬ。野戦《やせん》では不利と見て、寒河江城に入って籠城《ろうじょう》の構えを見せた。

寒河江城は堅《かた》く、城兵の士気も高い。一朝《いっちょう》一夕《いっせき》に陥落《かんらく》させるのは難しい。しかも、寒河江家はすでに出羽の諸豪族に援軍の要請を行なっている。最上家のこれ以上の増長を防ぐべく、すでに数家が軍を出す支度《したく》に入ったとのこと。つまり時もさほど残されていないという状況であった。

「力攻めで一気呵成《いっきかせい》に落とす」

義守は軍議の場で決断を下した。何の捻《ひね》りもない正攻法である。これでは、あまりに損害が大きくなるのではないかと思った者も多くいただろう。さらに損害が出ても落とせればまだよいが、失敗に終わることも十分に有り得るのだ。

とはいえ、義守は一度言い出したら聞かぬ性質《たち》だと重臣たちも知っており、わざわざ睨《にら》まれるようなことは避けて誰も諫言《かんげん》しない。そのような中、源五郎だけが、

「お待ちを。早計《そうけい》でございます」

と、声を上げたものだから、軍議の場は騒然となった。

「お主《ぬし》は口を挟《はさ》むな」

義守はぴしゃりと言ったが、この時はまだ怒りはしていなかった。しかし、源五郎が怯《ひる》むことなく、

「力攻めは賭《か》けにございます。何卒《なにとぞ》、再考のほどを」

と、なおも止めたものだから、義守はこめかみに青筋を立てた。

「初陣のお主に何が解る！」

「確かに初陣です。しかし、これくらいは解ります」

今思えば、重臣たちの前ということが悪かった。義守は面目《めんぼく》を潰されたと感じ、さらに激昂《げきこう》して言い放った。

「他に策も無いのに、小賢《こざか》しいことをほざくな！」

「策ならばあります」

「何だと……」

「誘《おび》き出《だ》し、野戦で討ち果たします」

寒河江家との戦いにおいて、籠城されるのはいつものこと。こちらが撤退する時を見計らい、寒河江軍は地の利を生かして奇襲を掛けて来ることが多い。これを逆手《さかて》に取り、こちらの山と、あちらの森に兵を伏せ、撤退する振りをして云々《うんぬん》——。

源五郎は自らの策を披露《ひろう》した。重臣たちの中には感嘆する者も多く、遂《つい》にはやってみる価値はあると追従《ついじゅう》する者も出て来てくれた。しかし、義守は顔を赤く染めて首を振り、

「ならぬ。戦は机の上でするものではない。此度《こたび》は力攻めに決めたのだ」

と、頑強《がんきょう》に押し通した。

結果、最上家は大敗を喫《きっ》した。城攻めに手間取り、ようやく三の丸を落としたところで、敵の援軍が現れて背後を衝《つ》かれた。さらに城内からも敵兵が突出してきて挟み撃ちにあい、最上軍は這《ほ》う這《ほ》うの態《てい》で逃げ出したのである。

その撤退の最中、源五郎は自ら太刀《たち》を振るい、兜首《かぶとくび》三つ、雑兵《ぞうひょう》は数知れず討った。が、負けは負けである。こうして源五郎の初陣は苦いものに終わった。最上家としてもこれまでの拡大路線が頓挫《とんざ》し、暫《しばら》くは力を蓄えねばならぬこととなったのだ。

重臣たちの中には、

——あの時、源五郎様の策を容《い》れていなされば。

などと口にする者もいたし、

――源五郎様を当主に据《す》えたほうがよいのではないか。

と、話を飛躍させる者すらいた。

義守としても自らの失態であったと理解しているが、なかなか認められずにいるらしい。さらに源五郎の人気が一躍《いちやく》高まったことで、派閥《はばつ》が形成されているのではないかと勘繰《かんぐ》っている節《ふし》もある。こうして表向きには然程《さほど》変化は無くとも、源五郎は何となく父と疎遠《そえん》になり始めたのである。

それから約一年が経ったが、両者の溝は少しずつではあるが確実に深くなっていると実感している。そのようなある日、

「共に蔵王《ざおう》に湯治《とうじ》に行かぬか」

と、義守から誘って来た。供回りは十人ほどにして、親子水入らずの時を過ごすのもよいではないかというのだ。

源五郎に期待を寄せる重臣の中には、もしや源五郎を暗殺するのではないかと勘繰る者もいた。この戦国の世、親が子を殺すことも珍しくは無い。ただ源五郎は、義守がそこまでするとは思えなかった。いや、信じたかったのである。

こうして今、秋が深まる中、蔵王に親子で向かっているという訳だ。先ほどから独特な硫黄《いおう》の匂いが漂《ただよ》い始めている。

「間もなくだ」

義守は遠くの湯煙を見ながら言った。

「存外《ぞんがい》、近かったですね」

「そうか。お主は初めてなのだな」

「はい」

このような会話が時に起こるものの、何処《どこ》か取って付けたようであり、すぐに続かなくなってしまう。きまずい雰囲気を察しているものの、互いに口に出すことも無かった。

三

蔵王の湯は東征《とうせい》した日本武尊《やまとたけるのみこと》に従った吉備多賀由《きびのたかゆ》が見つけたという伝承がある。かなり歴史が古いのは確かだ。乳のように白い湯で万病《まんびょう》に効くとされている。

滞在するのは四日。湯治ともなれば、もっと長い間逗留《とうりゅう》するのが常である。ここからも湯治は建前《たてまえ》であり、二人で話す機会を持とうとしているのが窺えた。

初日は共に湯に入ったものの、特段これといった話は無かった。しかし、義守は時折《ときおり》何かを言いたげな様子も見せていた。源五郎から切り出すべきかと考えていた二日目の夕刻。義守は肩に手で湯を引っ掛けながら、

「源五郎」

と、改まったように呼んだので、これから話があると感じた。その時である。湯治場の裏の

森から物音が聞こえた。複数の気配である。

「父上！」

源五郎は勢いよく立ち上がった。一糸纏《いっしまと》わぬ姿で未《いま》だ湯に浸《つ》かる義守を睨み付ける。己を討たんとする計画だと悟《さと》ったのだ。

「違う」

義守は首を横に振る。

「これで信じろと……」

先ほどより気配は大きくなっている。いや、もはや殺気といえよう。数は十人、いや数十人はいるのではないか。

「儂《わし》はそのような卑怯《ひきょう》な振る舞いはせぬ。少なくともお主にはな」

「しかし……」

「お主もそうあれ。もし儂に不満を抱《いだ》き、それが家臣のため、民《たみ》のためだと信じるならば、正々堂々と来い。いつでも受けて立つ」

御託《ごたく》を並べて時を稼《かせ》いでいるとも取れなくはない。ただ、義守の真っすぐに見つめる瞳《ひとみ》からは真摯《しんし》さも感じるのだ。

――信じてよいのか。

源五郎は自問自答した。一方の義守はこの状況にも落ち着き払い、天を見上げて言葉を継いだ。

「蓑虫は冬を耐えてやがて大きく羽ばたく。親というものは蓑なのかもしれぬな」

源五郎は確信した。幼い頃、蓑虫を奇妙がっていた己に対し、義守は今と寸分違《すんぶんたが》わぬ言葉を掛けてくれたのである。

「賊《ぞく》なのですね！」

「だからそうだと言っておろうが。早《はよ》う逃げろ。お主の体軀《たいく》ならば間に合う」

義守は苦く片笑《かたえ》んだ。仮にこのまま討たれてもよい。源五郎の成長に繋がるならば。義守はすでにその覚悟がある。この胆力《たんりょく》、流石《さすが》に戦国武将である。

「死なせませぬ」

源五郎は水飛沫《みずしぶき》を散らして裸体のまますぐ脇の小屋に走り、父と己の刀を諸手《もろて》に摑《つか》んだ。そこで初めて、

「曲者《くせもの》じゃあ!!」

と、大音声《だいおんじょう》で喚《わめ》いた。供の者には湯治場正面の警護を命じており、裏の森の見張りを命じるのを怠《おこた》った。それは親子二人の油断である。存外、このような抜けているところが似ているのかもしれない。

賊は露見《ろけん》したことで動きが活発になった。源五郎はすぐに湯に戻ると、義守は依然《いぜん》として湯に浸かり、気持ちよさそうに伸びをしていた。

「父上も戦って下され！」

「生き延びよと？」

「当然です！」

源五郎はそう言いながら、義守の刀を放り投げた。おっと声を上げながら義守が立ち上がって刀を摑む。親子共に裸で刀を摑んでいるというおかしな光景に、二人ともほぼ同時にふっと息を漏《も》らした。

「討ちます。父上は我が身をお守り下さい」

源五郎はそう言い残すと、岩を蹴って森へと踏み込んだ。あちらこちらに賊がいる。

「誰の差し金じゃ！」

源五郎は正面の一人の腹を薙《な》ぎ斬り、次に迫った者の腕を斬り飛ばした。ひっと悲鳴が上がり、賊たちが早くも浮足立ったのを感じる。

——金で雇われた連中か。

何処《いずこ》かの家臣ならば、必殺を心に決めて向かって来るだろう。この程度で狼狽《ろうばい》するあたり、楽に仕留めて金を得られるなどと唆《そそのか》された野盗《やとう》の類《たぐい》に違いない。

「ひ、怯むな！」

「貴様が物頭《ものがしら》か」

賊の中で叫《さけ》んだ者を目掛け、源五郎は真一文字に駆け出した。降り注ぐ刃は全て躱《かわ》し、前を遮《さえぎ》る者の喉《のど》を搔《か》き切る。ただ、足元に落ちた枝にまで気を配る余裕はなく、足裏や脛《すね》に瞬《また》く間に傷が出来ていく。が、源五郎はそのようなことは意に介《かい》さず脚《あし》を緩めず、頭領格《とうりょうかく》の眼前まで来たところで化鳥《けちょう》の如《ごと》く跳躍《ちょうやく》した。

「取った!!」

源五郎の唐竹割《からたけわり》の一撃が炸裂《さくれつ》し、頭領格は甲高《かんだか》い悲鳴を上げて倒れ込んだ。

「まだやるか！」

源五郎が血刀を掲《かか》げて睨み付ける。丁度、供の者たちも森に入ったらしく、賊たちは身を翻《ひるがえ》して逃げ出した。

「若！」

供の者が駆け付ける。

「父上は」

「ご無事でございます」

「そうか」

源五郎は頷《うなず》くと、義守のもとへ向かった。湯を囲う岩場に一人、賊の屍《しかばね》があった。どうやら義守が斬ったらしい。

「一人、潜《くぐ》り抜けて来たぞ」

義守は虚《うつ》けたように眉を開いた。

「無理を仰《おつしや》いますな。己の身を守って下されとお伝えしたでしょう」

「追い払ったようだな」

「左様《さよう》」

「汚れておるの。湯で流せ」

義守は手招きをする。躰中《からだじゅう》が返り血で汚れている。さらにようやく冷えを感じてきて、源五郎は身震いをして湯に飛び込んだ。

「忙《せわ》しない」

義守は掛かった飛沫を手で拭《ぬぐ》う。

「父上はゆっくりし過ぎなのです」

「気に食わぬか？」

「些《いささ》か」

義守の笑みに対し、源五郎も正直に返した。

「先ほども申したように、真《まこと》にそう思った時は掛かって来るがいい。回りくどくではなく堂々と。親子喧嘩《げんか》はそのほうがよい」

「肝《きも》に銘《めい》じます」

「おお、怖《こわ》いの。お主のほうが強そうだ」

義守は湯で顔を洗うと天を見上げた。すでに陽は落ち切り藍色《あいいろ》の空に星が瞬き始めている。源五郎もまた空を仰ぎ、湯煙の中にふっと息を溶かした。

然《しか》るに義光公十六歳の時、御父義守公と御同道にて、高湯《たかゆ》と申す所へ湯治あられ、數日《すうじつ》御逗留の由《よし》、其近邊《そのきんぺん》の盗賊數十人、御旅宿に夜討に入りける……（『最上出羽守《でわのかみ》義光物語』）

埼玉県

太田資正

武州を駆ける

源太《げんた》は内心では困惑していた。七年ぶりに会った父が、とてもではないが頼りになる人には思えなかったからである。

一

天文《てんぶん》十七年（一五四八）、源太は太田資正《すけまさ》の次男として生まれた。太田氏は扇谷《おうぎがやつ》上杉氏の宿老《ろう》の家柄である。高祖父《こうそふ》は、文武両道に優れた名将との誉《ほま》れが高かった太田道灌《どうかん》である。

扇谷上杉家は、関東に勢力を伸ばさんとする北条《ほうじょう》家と互角に渡り合ってきた。しかし河越《かわごえ》夜戦《やせん》で当主朝定《ともさだ》が討たれると、一気に風向きは北条家に傾き、扇谷上杉家は瓦解《がかい》することになる。多くの家臣が北条家に靡《なび》く中、父資正はそれでも北条家に徹底抗戦の構えを見せた。一度は居城《きょじょう》である松山城から退《しりぞ》いて上野国《こうずけ》に逼塞《ひっそく》するも、源太が生まれる前年の天文十六年（一五四七）九月には、北条家の隙《すき》を衝《つ》いて奪還を果たす。さらにその三月《みつき》後には、岩付《いわつき》城を攻め落として掌中《しょうちゅう》に収めた。

だが翌年には松山城を任せていた家臣に裏切られ、岩付城も維持出来ないようになり、捲土《けんど》重来《ちょうらい》を胸に秘めて北条家に降《くだ》ることになる。源太が生まれたのはこの年のことであった。

父は挽回《ばんかい》の時のため、各地の諸勢力との誼《よしみ》を深めることにした。己《おのれ》が関東で未《いま》だ一定の権威を持つ、古河《こが》公方《くぼう》足利《あしかが》義氏《よしうじ》の近習《きんじゅう》として差し出されたのもその一環である。源太が七歳の頃であった。

永禄《えいろく》元年（一五五八）、源太は義氏の下《もと》で元服《げんぷく》した。この時に鎌倉以来の名門である梶原《かじわら》家の名跡《みょうせき》が途絶えていたことで、その後を継ぐ栄誉に与《あずか》り、梶原源太政景《まさかげ》と名乗ることになった。

それから二年後の永禄三年（一五六〇）、越後《えちご》上杉家が北条家と対立を深める中、それに呼《こ》応《おう》する形で父は遂《つい》に立ち上がった。翌永禄四年（一五六一）には松山城と、岩付城を再奪還して悲願を果たしたのである。

しかし真《まこと》に大変な戦いはここから。上杉家が越後に引き上げれば、北条家が奪い返さんと大軍で攻め寄せてくる。北条家から守り通すだけでも困難なのに、同盟関係にあり精強で鳴らす、甲斐《かい》の武田家も協力するとも伝え聞こえてくる。前回の奪還の折は、戦うまでもなく敵の威勢に呑《の》まれ、家臣が裏切ってしまうという結果になった。当然の話だが父とて躰《からだ》は一つ。二つの城に在《あ》り続けることは出来ない。裏切らない家臣が一人でも多く欲しいところであろう。

「父の力になりとうございます」

そのような頃、源太は滞在先の義氏に申し出た。己は人質《ひとじち》としての価値もあるので、すぐには受け入れられないと思ったが義氏は、

「お主《ぬし》が戻ったならば、資正もさぞかし頼りに思うだろう」

と、快く了承してくれた。古河公方家としても、凄《すさ》まじい勢いで膨張《ぼうちょう》する北条家を危惧《きぐ》しているのだ。こうして源太は七年ぶりに父の元に戻ったのだ。

二

源太が戻ったことを父は大層喜んでくれ、岩付城のほうに入ることとなった。兄の氏資《うじすけ》は松山城。これで父がどちらに在城していても、残るもう一つの城には息子がいることになる。

源太は十四歳の若武者であるが、文武に優れていたこともあり、古河公方家では、

——英傑《えいけつ》道灌の再来よ。

などと言う者もちらほらいた。関東では日々、戦《いくさ》が繰り広げられている。その仔細《しさい》を一々調べて用兵を学んでもいるし、すでに古河公方の下で初陣《ういじん》も済ませ、兜首《かぶとくび》を二つ取るという武勲《ぶくん》も上げた。そんな源太から久しぶりに見た父は、

——真にこれで守り切れるだろうか。

と、首を捻《ひね》らざるを得ない。そう思った最たる訳がある。

父は両城に五十匹ずつ、計百匹の犬を飼っている。これだけでも異端《いたん》であることには変わりないが、城に忍び込まんとする間者《かんじや》への備えと考えることも出来る。だが源太が唖然《あぜん》としてしまったのは、父は度々松山、岩付の両城を行き来するのだが、その時に犬の入れ替えと称して五十匹の犬を引き連れていくのだ。

そしてその日の内には、連れてきた犬とは別の、元々その城にいた五十匹を引き連れて戻る。その光景は異様なもので、それを見た近隣《きんりん》の百姓たちも、

「太田の殿様はどこかおかしいのではないか？」

と、陰で囁《ささや》いている始末《しまつ》である。

この光景を見て思い出したのだが、確かに源太が幼い頃から父は好んで犬を飼っていた。だが武士にとってそれは特段珍しいことではない。今では随分と廃《すた》れてはいるが、鎌倉に幕府が置かれていた頃などは、闘犬が滅法流行《めっぽうはや》っており、こぞって大金をはたいて勇壮な犬を取り寄せる者がいた。

ただ父が飼うのは闘犬に用いるような、大型の犬だけではない。人も生まれつき体格は千差万別あるように、犬にも小さなか弱いものがいる。そのような小型の犬でさえ、分け隔《へだ》てなく飼っていた。父は昔から犬が好きだったのだろう。

「可愛《かわい》いだろう」

小さな犬を膝《ひざ》の上に乗せて目尻を下げ、幼い源太に言っていたのも思い出した。だがあの頃に飼っていた数は二、三匹だったはず。それが百匹を数えるほどになっていたとは、思いもよらないことではあった。

岩付城に在る源太の元に、十日振りに父が訪れた。源太は思い切って父に意見した。

「家臣のみならず、百姓たちも困惑しております」

得てしてこのような噂《うわさ》は当人の耳に入るのが最後になるものである。父は自身がそのように思われていると初めて知ったようで、梟《ふくろう》のような声を上げて驚いた。

「何故《なにゆえ》、そこまで犬を愛《め》でるのですか」

源太は眉《まゆ》を顰《ひそ》めて続けた。

「犬は恩を忘れぬ生き物よ。その点、人よりも余程立派と言えよう」

前回、死に物狂いで両城を得たにもかかわらず、家臣の裏切りによってすぐに失った。そのことが父の心に暗い影を落とし、人を信じられぬあまり、行き過ぎた犬への傾倒《けいとう》に繋《つな》がっている。源太はそのように取った。

それからも何度か源太は諫《いさ》めたものの、父は上手《うま》くはぐらかすのみ。それどころかこの岩付城が囲まれた時には、

「必ず犬たちは放すように」

などと、真剣な面持《おもも》ちで宣《のたま》う始末。城を守ることよりも、人の命よりも犬が大事か。変わり果てた父を見て、源太は腹の内で憤《いきどお》っていた。これでは何のために、古河公方のところから戻ったのか解《わか》らないではないか。

源太が落胆《らくたん》した日々を過ごしていた頃、遂に北条家が動いた。数千の大軍が突如《とつじょ》として現れ、岩付城を包囲したのである。しかも噂で伝え聞いていた通り、甲斐の武田も援軍を出している。父は松山城に在ったため、若年《じゃくねん》ながら源太が大将を務めることになった。

籠城《ろうじょう》というものは、後詰《ごづ》めがあってこそ意味がある。相手の兵糧《ひょうろう》が尽きるまで守り切るという手もあるが、今回に限ってはとてもそれまで持ちそうにはない。すぐに松山城にこのことを伝え、囲みの外を衝いて貰《もら》わねばならない。

「使者を用意せよ。出るぞ！」

源太はすぐに三百の手勢を率《ひき》いて城を打って出た。城は完全に包囲されているため、敵を引き付けて、その間に使者を突破させるのである。十数人の使者が包囲を抜けるのを確かめたところで、源太は早々に兵を城に戻した。

松山城から岩付城まで約七里《り》。走って行けば二刻（約四時間）もあれば着く距離である。しかしその日が暮れても援軍が駆け付けるどころか、その気配すらない。発《た》たせた使者も誰一人として戻らなかった。

「駄目《だめ》です。恐らく使者は全て……」

「北条の乱破《らっぱ》か」

北条家は風魔《ふうま》と呼ばれる忍びを抱《かか》えている。恐らく彼《か》の者たちが道々を監視し、使者を捕えているのだろう。これは今回に始まったことではなく、北条家と戦ったことのある者ならば、皆が一度は煮え湯を飲まされている。

「狼煙《のろし》を上げましょう」

「そうだな……」

一応は同意したものの、源太は内心では、

――厳しいだろう。

と、考えている。狼煙はその日の天候により大きく左右されるし、七里も離れていれば存外見えないものである。仮に見えたとしても、農村の炊煙《すいえん》と見分けが付きにくい。両城の間には石戸《いしと》城、寿能《じゅのう》城という二城があり、狼煙を繋ぐ役割も担《にな》っている。しかし、ここに比べればばかなり規模が小さく、砦《とりで》に毛の生えたような城である。すでに北条家の攻撃を受けて陥落《かんらく》しているかもしれない。

源太の危惧は的中したようで、早朝より狼煙を上げたが、これも何の効果も発揮《はっき》しなかった。

「このままでは落ちる……」

源太は拳《こぶし》を握りしめて零《こぼ》した。まだ経験の浅い己でも解る。この二日間、城方は頑強に抵抗しているが、多勢に無勢《ぶぜい》である。敵の猛攻に休む暇もなく、徐々に押され始めている。持ってあと一、二日ほどであろう。

三

二日目の夜更《よふ》け、城内にいる犬が遠吠《とおぼ》えをしていた。犬たちも最早《もはや》この城が危ないことを悟《さと》り、悲観しているような寂《さび》しげな声である。

——そういえば……。

源太はふと父が、戦が始まれば犬たちを放すようにと言っていたことを思い出した。あの時は犬を大事にしての発言と取って憤懣《ふんまん》が胸に渦巻いていたが、今思えばあの時の父の眼は真剣そのものだった。こちらが話半分で聞いていても、何度も繰り返し言っていたのも気に掛かる。

「犬を！」

払暁《ふつぎよう》、源太は短く言って犬たちを集めさせた。茶、赤、白、黒と様々な毛色の犬たち。その大きさもまちまちである。父が何を考えていたのか、源太は朧気《おぼろげ》ながらに感じた。しかし果たしてそのように上手くいくのか。

「頼むぞ」

犬たちに飯をたっぷりと食わせると、まだ大方の敵も寝静まる中、そっと門を開けて犬たちを放った。夜襲、朝駆けに備えていた僅《わず》かな敵は、すわ敵襲かと色めきたったが、飛び出て来たものが犬だと解った時点で安堵《あんど》したかのように、動きが緩慢《かんまん》になった。昨夜の遠吠えは敵方にも聞こえていたはず。あれが煩《わずらわし》くて堪《たま》らぬと犬を放した程度に思っているに違いない。

源太はすぐに門を堅《かた》く閉じさせ、再びじっと守りを固めるように命じた。家臣たちはこれに何の意味があるのかと怪訝《けげん》そうにしているが、敢《あ》えて考えは告げなかった。己としてもまだ半信半疑。余計な期待を持たせたくなかったからである。

――頼む。

源太は何度も心で呟《つぶや》いた。人に頼むことは儘《まま》あれども、犬相手にこのように願ったのは初めてのことである。陽《ひ》が中天《ちゆうてん》を過ぎ、西へと大きく傾いた頃、西から砂塵《さじん》が舞い上がるのが見て取れた。

「父上が……味方の援軍が来た！　討って出て挟《はさ》み撃ちにするぞ！」

源太は颯爽《さつそう》と馬に跨《またが》ると、自ら槍を取って先頭を駆けた。すでに己は他家の名跡を継いでいるのに、若を死なせるなと喚《わめ》いて家臣たちが続いた。流石《さすが》の北条武田連合軍も挟撃《きょうげき》を受けて浮足立つ。太田軍は散々に暴れたところで、敵方は退却を始めて遥《はる》か後方に陣を立て直した。しかしその翌日には完全に兵を退《ひ》くに至る。後に知ったことだが、越後の上杉軍が関東に繰り出す構えを見せたのだ。

「父上！」

敵方が去った後、源太は父を見つけて駆け寄った。

「危なかったな。よく耐えてくれた。だが……放すのが遅いわ」

父も苦笑しながら馬から降りる。

「やはり……」

岩付城は北条家の最前線に近く、此度《こたび》のように突然囲まれることが有り得る。七里先の松山城にそれをすぐに報せねばならないが、この連絡を断つという点において、風魔を擁《よう》している北条家は優れていた。父はこの状況を何とか打破出来ないかと考え、自身がかねてより好んでいた犬の習性に目を付けたという。度々往来させることで、それを犬に癖付けさせたのである。風魔もまさか犬が伝令などとは思わず見過ごしたという訳である。

「三刻（約六時間）前に駆け込んで来た」

「それは速い……」

源太は吃驚《びっくり》した。人の脚《あし》の倍ほどの速さで到達したことになる。

「一番は時若《ときわか》じゃ」

「時若？」

片笑《かたえ》む父に対し、源太は鸚鵡《おうむ》返しに尋ねた。

「これほどの小さな……赤毛で、額に白い丸のある」

父は手を動かして大きさを表現する。その姿がおかしく、源太は思わず噴き出してしまった。

「一匹ずつに名があるので？」

「当然よ。犬とて生きている。道具のように扱うだけでは、このように助けてくれぬ」

疑った風魔もいたのか、戻って来た中には刀傷を受けた犬もいたらしい。それでも懸命に駆けぬいて来たという。習性もあろうが、犬も主人の窮地《きゅうち》を救わんと念じていたとしか思えない。それも日ごろから情《なさけ》を掛けてこそだという。

「のう、源太。儂《わし》は老いれば隠居し、犬たちに囲まれて暮らしたいわ」

父の横顔はどこか哀《かな》しげに見えた。戦国の世である。家臣が主君を裏切るなどは当然、親子兄弟とて時には争う。父はそのような世にうんざりしているのかもしれない。

「一日も早くそのような日が来るよう、私も微力ながら励《はげ》みます」

「頼むぞ。そうだ、お主にも皆の名を教えてやろう」

思い出したかのように、父はぽんと拳を掌《てのひら》に置いた。

「百匹、皆でございますか？」

「なに、どれも顔が違う故《ゆえ》、すぐに覚えられる」

源太は苦笑しながら項《うなじ》を掻《か》き、父は穏《おだ》やかな笑みを見せる。太田家にどのような将来が待っているのかは分からない。それでも源太はこの心根の優しい父と共に、家を守《も》り立てていきたいと改めて心に誓った。

信玄氏康有出張《でばりあり》、被責《せめられ》候《そうろう》砌《みぎり》ハ、親岩付ニ在之《これあり》謙信之《の》後詰を相待候《そうら》へ共、謙信岩付へ着馬遅うて、松山之城を明渡シ申由《もうすよし》候、岩付ヨリ松山へ之通路罷成《まかりなる》間敷《まじき》事を、親兼而《かねて》存、岩付之犬を松山預ケ置《おき》、松山之犬を岩付ニ繋置候儀者《は》、其《その》時之事ニ御座候……（太田資武《すけたけ》状）

山梨県

武田信玄

暮天の正将

一

床几《しょうぎ》から立ち上がった瞬間に天地が旋回《せんかい》した。そのせいで数歩よろめき、慌《あわ》てて家臣たちがこの身を抱《かか》える。回転は止まったものの未《いま》だ景色は揺れる。動悸《どうき》が激しくなっており、必死に息をしようと思うが儘《まま》ならない。躰《からだ》は綿のようであり、鉛《なまり》のようでもある。両脇を支えられ、脱力するまま天を仰《あお》ぎ見た。

今、己《おのれ》は何処《どこ》にいるのか。それさえも判《わか》らない。甲冑《かっちゅう》を着ている。つまり戦《いくさ》の最中だ。このような時、強敵が来ては一《ひと》たまりもない。そこまで懸命《けんめい》に思考を巡らせた時、

「謙信《けんしん》……」

と、思わず口を衝《つ》いて出た。雲一つ無い。空は蒼《あお》かった。これは川中島《かわなかじま》で間違いないと。

「御屋形《おやかた》様、お気を確かに」

右脇を支える家臣が励《はげ》ます。

「御屋形様……」

茫《ぼう》とただ反芻《はんすう》した。そうだ。己は屋形。名を武田晴信《たけだはるのぶ》と謂《い》う。いや、すでに仏門に入った為、随分前から法名《ほうみょう》である信玄《しんげん》を名乗っている。

「喜兵衛《きへえ》……か」

「左様でございます」

この者の名は武藤《むとう》喜兵衛。真田幸隆《さなだゆきたか》の子であるが、三男なので家督を継ぐこともない為、近習衆《きんじゅしゅう》に取り立てた。喜兵衛は機知《きち》に富み、如才《じょさい》なく、兵法にも天稟《てんぴん》を見せた。故《ゆえ》に武田家の親族衆で名跡《みょうせき》の途絶えた武藤家を継がせた。今では足軽大将にまで出世している。

——心配無い。

信玄は自らに語り掛けた。喜兵衛の来《こ》し方を説明出来るほどに、正気を取り戻している。

「座らせてくれ」

信玄は嗄《しゃが》れた声で言った。

「寝所に移られたほうが」

「いや、今は座るので一杯だ」

信玄は喜兵衛の耳元で呟《つぶや》いた。喜兵衛は脣《くちびる》を巻き込んで頷《うなず》く。喜兵衛の介添《かいぞ》えを受けつつ、信玄は再び床几に腰を下ろした。しかし、未だ気分は優れず、今にも吐瀉《としゃ》しそうになるのを懸命に堪《こら》えた。

——もはやここまでか。

信玄は改めて空を見上げた。憎々《にくにく》しささえ感じるほどに、空は晴れ上がっている。己の苦しさなど、全く意に介していないように。

二

信玄が上洛《じょうらく》を決めたのは四カ月前。夏も間もなく終わろうとした八月の暮れのことである。敵は織田信長。京に上った後、着実に勢力を伸ばし、今や武田家をも凌《しの》ぐ勢いである。しかし、信長は敵も多い。中国の覇者《はしゃ》である毛利《もうり》家を筆頭に、各地の大大名が包囲するかのように敵対しているので、武田家に全兵力を向けることは出来ない。そのうちに上洛して織田家を京から駆逐《くちく》し、そのまま一気に滅亡まで追いやるつもりである。

とはいえ、信玄は一月《ひとつき》半で全ての支度《したく》を整えろと命じたものだから、家臣たちは俄《にわ》かに色めき立った。

「今少し、時を掛けると仰《おお》せだったのでは……」

と、諫言《かんげん》してくる家臣もいた。それは間違いない。将軍足利義昭《あしかがよしあき》からも再三の要請が出ていたし、いずれは上洛して織田家と決戦することは決めていた。

だがそれはまだもう少し先、早くとも一年ほど後を予定していたのである。それくらいの時ならば、他の織田家に対する大名も十分持ち堪《こた》えるはず。信玄は一年かけ、綿密《めんみつ》な計画を立てて支度をするつもりだった。が、それはもう出来ない。

信玄は、訝《いぶか》しがる重臣たちを集めてその真意を告げた。皆、一様に絶句する。何とか口を開いたのは、重臣筆頭の馬場信春《ばばのぶはる》である。

「間違いということは？」

「いや、己の躰は己が最も解《わか》る」

信玄は重々しく答えた。先般、体調が優れないことで医者を呼んだ。医者はじっくりと診《み》た後、人払いをして厳《おごそ》かにそのことを告げたのだ。

「もう長くはない」

信玄は重臣たちに向けて改めて言った。

「如何《いか》ほどだと思われるのです」

やはり訊《き》いたのは信春である。

「短ければ半年。だが、一年はもたぬだろう」

「承知しました。ならば急ぎ支度に入ります」

信春が頭を下げ、他の者もそれに倣《なら》った。

こうして十月三日、武田軍は上洛の途《と》に着いた。まず倒さねばならないのは、織田信長の同盟者である徳川家康である。この男、存外手強《ぞんがいてごわ》い。ここ三年ほどは、見事にこちらの攻撃を凌《しの》ぎ切っている。この壁を越えねば、上洛などは夢のまた夢である。

信玄は軍を二手に分ける決断を下した。先発する一手として、武田家きっての猛将《もうしょう》である山《やま》県昌景《がたまさかげ》と、どのような局面にも柔軟な対応力を見せる秋山虎繁《とらしげ》に五千の兵を預け、信濃《しなの》から三《み》河《かわ》へと侵入させたのである。徳川家の背後を脅《おびや》かすことで、戦力を二分させる狙《ねら》いである。

ここの道は険しい為、敗れた時に退却するのが極めて難しい。半ば賭《か》けでもあり、慎重な信玄ならば普段は取らない策である。しかし、残る時を鑑《かんが》みれば、このような手も打たねばならない。

そして、信玄は二万二千を率いて、青崩峠《あおくずれとうげ》から遠江国《とおとうみ》に攻め入った。その途中、さらに馬場信春に五千を与えて別働隊として切り離した。西の只来《ただらい》城を落とさせる為だ。

――一挙にゆく。

信玄はそう心に誓っていたのである。

城を一つ落とすならば、一月は掛かるもの。しかし、武田軍は烈火《れっか》の如《ごと》く侵略し、三日に一つの城を陥落《かんらく》させていった。徳川家も様子を窺《うかが》うために三千の兵を派したが、これを一言坂《ひとことざか》にて瞬《また》く間に撃破。ついには徳川家の守備の要《かなめ》である二俣《ふたまた》城を包囲すると、これにはやや時を食ったものの、十二月十九日には開城させた。この間、信玄は家臣たちに、

「文《ふみ》は来ておらぬか」

と、幾度《いくど》となく訊いた。しかし、答えは決まって否《いな》である。

「備えを一層固めよ」

信玄がそう返すまでが決まりとなっている。上洛に際し、最も気掛かりなことがあった。それこそが、

――上杉謙信。

である。かつて信濃を巡って川中島で何度も対陣した。中でも四度目には激戦を繰り広げ、何とか追い払ったものの武田家も甚大《じんだい》な損害を被《こうむ》った。

その戦いの最中、白頭巾《しろずきん》を被《かぶ》った武者に本陣にまで飛び込まれ、数太刀《すうたち》を見舞われるほど。信玄は軍配《ぐんばい》で何とか防いだものの、あれほど震撼《しんかん》したことはない。あれは謙信本人だったのではないか。中々考えにくいことではあるが、未だにその考えは拭《ぬぐ》えずにもいる。

こうして幾度となく戦ったことで、己が「甲斐《かい》の虎」と呼ばれるのに対し、謙信は「越後《えちご》の龍《りゅう》」などと呼称される。宿敵《しゅくてき》といえば聞こえがよいが、因縁《いんねん》の相手であることは間違いない。

その謙信は、信長とそれなりに良好な関係を築いている。いずれは敵対すると見ているが、謙信には何らかの考えがあるのだろう。

武田家が全勢力を上げて西進するのだ。この時、謙信が背後に現れれば苦戦は必至《ひっし》。最悪の場合、引き返さねばならぬことも有り得る。あとせめて一年あれば、暫《しば》し耐えられる備えを構築出来たものの、今はとてもではないが十分とは言えない。

とはいえ、己には残された時が少ない。信玄は苦肉の策を取った。謙信に密書を送ったのである。その内容を要約すれば、

——余命僅《わず》か。一年だけ織田家と戦わせて欲しい。

と、いうもの。詐略《さりゃく》は用いず、全て正直に吐露《とろ》したのである。これを謙信が信じるかどうかは判らない。仮に信じたところで、武田家の伸長を止めるべく、再び川中島に現れるかもしれない。だが黙っていても、どうせ謙信はこの機は逃さない。これ以外、信玄に打つ手は無かったのである。

密書は確実に届いたと聞いたが、未だ謙信からは何の返事も無いし、かといって信濃に侵入

したという報も届いてはいなかった。

そして、二俣城を落として三日後、次は徳川家の本城である浜松城を攻めるため、最後の軍議を終えた時、信玄は眩暈《めまい》を起こして倒れそうになったのだ。朦朧《もうろう》とした意識の中、川中島にいると錯覚してしまったのは、常に謙信のことが頭の片隅にあったからだろう。

「暫《しば》し……待て」

信玄は床几に腰を掛けているのがやっと。まだ立ち上がれそうにはない。今、何とか掲《かか》げた手さえ酷《ひど》く重かった。

――己は何をしていたのだ。

信玄は自らを責め、自らを悔《く》いた。己もそれなりの歳になっているのに、まだ時は残されていると根拠なく思いこんでいた。

上洛のことだけではない。家督のこともだ。嫡男《ちやくなん》を不和から死に追い込んだことで、後継ぎは四郎勝頼《しろうかつより》しかいない。しかし、勝頼は諏方《すわ》の出であるため、反発する家臣も多いだろう。これもゆっくりと不満を取り除けばよいなどと、悠長《ゆうちよう》に構えていたのは何と愚《おろ》かだったのか。

謙信との戦いに時を奪われたのもそう。あの化物《ばけもの》のように戦に強い男を、何とか打ち破ってやりたいと躍起《やつき》になってしまった。それも無駄な時。そうとしか思えないではないか。

「もはや、これまでです。退《しりぞ》きましょう」

二俣城攻めから再び合流した馬場信春が進言した。

「そうか……」

信玄は曖昧《あいまい》に受けた。未練はある。が、もはや上洛は無理である。せめて徳川家の力を削っておきたいが、それさえも難しいだろう。己が采配《さいはい》を執《と》るどころか、荷物になってしまう今、こちらが大敗を喫《きっ》することも十分にあり得る。

「伝令！」

陣幕の中に飛び込んで来たのは、伝令に従事する百足衆《むかで》の者である。如何《いか》なる時でも報告を許してあるが、流石《さすが》に今は、

「儂《わし》が受け取る。何だ」

と、信春が床几から立ち上がった。

「信濃から書状です」

信濃に残して来た将からだという。

「現れたか」

信春は苦い顔になって拳《こぶし》を握りしめた。あの龍が出来《しゅったい》した。誰もの頭に真っ先にそれが思い浮かぶだろう。

「それが……越後よりの書状を預かったと」

「貸せ」

信玄は間髪《かんはつ》入れずに手を出した。不思議と先ほどまでの重さは無い。喜兵衛が受け取って手渡すと、信玄は書状を開いて文字を目で追った。

「何と……」

暫しの沈黙の中、喜兵衛が耐え切れずに漏らす。

「ふふ……」

信玄は息を漏らし、皆が呆気《あつけ》に取られる。おかしくなったのではないかと思ったに違いない。だが信玄は正気である。いや、正気を取り戻したと言ってもよい。信玄はゆっくりと頭を擡《もた》げると、皆に向けて低く命じた。

「京を目指す」

「なっ――」

衆が絶句したのは言葉にではない。信玄がすっくと床几から立ち上がったからである。

「お躰は……」

喜兵衛が恐る恐る尋《たず》ねた。

「まだやれる。際《きわ》の際まで突き進むぞ」

信玄は有無を言わさずに命じた。目指すは浜松城ではない。今、浜松城には織田家の援軍も入っており、その数は一万ほどになると見ている。これを落とすのは容易《たやす》くはない。一工夫する必要がある。

信玄が目標と定めたのは、浜名《はまな》湖の湖畔《こはん》にある堀江《ほりえ》城。浜松城を素通りしてこちらに向かった。祝田《ほうだ》坂をくだる手前で信玄は、

「魚鱗《ぎょりん》の陣を布《し》け」

と、命じた。かつて上杉謙信と戦った時と同じ陣形である。ただ向かう先は堀江城ではな

く、今己たちが来た方角。三方原台地《みかたがはら》に向けての布陣である。これには歴戦の諸将たちも首を傾《かし》げたようだが、信玄は待てば判るとだけ返した。

「来たな」

やがてその時が来て、信玄は呟いた。徳川・織田連合軍が三方原台地へ現れたのである。その数、ざっと一万弱というところか。こちらがこのように動けば、

——家康は背後を狙って来る。

と、読んでいた。それが見事に当たったという訳だ。

「見せてやろう」

信玄は言った。相手は近習でも、己自身にでも無い。越後にいるはずのあの男である。

先刻、陣幕に届けられたのは謙信からの書状。その内容は、仔細承《しさいうけたまわ》った。我はこの誓いは違《たが》えぬ。織田、徳川などに後《おく》れを取る無様《ぶざま》を見せるな。折角くれてやる一年なのだから最後まで諦《あきら》めるなかれ。そして最後に、

——次は冥途《めいど》で逢おう。

と、締めくくられていた。その一文を見て、長年心に引っ掛かっていたものが取れた。やはりあの白頭巾は——。

次の瞬間、不思議と躰に力が漲《みなぎ》り、押されるように床几から立ち上がってしまったのである。信玄は軍配を勢いよく振った。

「擂《す》り潰せ」

眼下に迫る徳川・織田連合軍に、武田家が一斉に攻撃を始めた。鉄砲が咆哮《ほうこう》し、弓弦《ゆみづる》が唸《うな》り、騎馬武者《きばむしゃ》が躍動《やくどう》する。足軽が槍《やり》を付けた時にはすでに勝負は決している。此方の勝ち。いや、圧倒的な大勝である。

「流石でございます！　お見事です！」

本陣に戻って来た喜兵衛が嬉々《きき》として叫んだ。

「あの男に比べれば遊びのようなものだ」

信玄は頰《ほお》を緩《ゆる》め、軍配を手でさらりと撫《な》でた。ここぞという時には、あの日と同じ軍配を使っている。敢《あ》えて傷は残したままである。己たちは宿敵なのか。いや、やはり因縁程度のほうがしっくり来る。ただ、唯一無二の存在であることは確かであった。

「無駄ではなかったか」

信玄は天を仰いだ。憎らしいあの男の書状によって、己は今一度奮起した。そうでなくては引き返していたことだろう。そういう意味では、一生に無駄はないのかもしれない。仮にあったとしても、そう信じるしかないのではないか。ふと、あの男も同じことを考えているような気がした。

「またな」

やはり雲一つ無い。あの男には何故《なぜ》か、このような蒼天《そうてん》が似合う。そのようなことを考えながら、信玄は北の空に向けて囁《ささや》いた。

元亀《げんき》三年みづのへさる十二月二十二日（中略）信玄度々《たびたび》之陣にあひ付給へば、魚鱗にそなへを立て引うけさせ給ふ。家康は鶴翼《かくよく》に立たせ給へば……（『三河物語』）

福井県

富田長繁

高くとんだ

一

小林三郎次郎吉隆《よしたか》は震える手で己《おのれ》の頬《ほお》を拭《ぬぐ》った。胸の鼓動《こどう》はどんどん速くなり、自然と息も荒々しいものになる。

恐る恐る視線を落とすと、手にべっとりと血が付いている。どこか己が傷を負った訳ではない。これは全て返り血なのである。

「三郎次郎、やったぞ」

血刀《ちがたな》を担《かつ》ぐように肩に乗せ、眼前の男はにかりと笑った。その顔は地肌が見えぬほど朱《しゅ》に染まっており、異様なほど歯が白く見えた。

この感情を何と表わせばよいのか。戦慄《せんりつ》していることは間違いない。だが同時にその人に対して、得体《えたい》の知れぬ魅力を感じているのも確かであった。己も乱世を生きる武士の端《はし》くれであるため、強い者に無条件に惹《ひ》かれるのか。あるいは、彼が恐ろしいほど純粋であることを知っているからかもしれない。

ともかく度が過ぎるほどの単純明快な人である。早く何か言わねば余計な疑念を生むと解《わか》っているが、顎《あご》が震えて声がなかなか出なかった。

「お……お、おめでとうございます」

「おう」

満足げに頷《うなず》くと、男はごしごしと顔を手で拭った。血が伸びて斑《まだら》となり、その顔は余計に異様なものとなる。

男の名を富田弥六郎長繁《とんだやろくろうながしげ》と謂《い》う。齢《よわい》は二十四。身丈六尺（約一八二センチメートル）を超え、筋骨隆々《きんこつりゅうりゅう》、まさしく戦国武者の権化《ごんげ》というに相応《ふさわ》しい体軀《たいく》をしている。

元々、富田家は出雲《いずも》の地侍で、長繁の祖父の代に、縁があって越前《えちぜん》に田畑を買ったらしい。そして父の代に出雲で立ち行かなくなったことで、越前に流れて来て、領主である朝倉家に仕えた。

長繁は幼い頃から槍の扱いが滅法《めっぽう》上手く、その腕前は家中にも鳴り響いていた。だが当人も十三、四の頃にはすでに、

――おりゃあ、槍一本で国を獲《と》れる。

などと豪語していたものだから、長繁の実力を認めつつも、それは大言壮語《たいげんそうご》が過ぎると陰で嘲《あざけ》られていた。

一方、吉隆はその朝倉家の譜代《ふだい》の家臣の家に生まれ、長繁より二つ上の二十六歳。身丈は五尺三寸（約一六〇センチメートル）と特別小柄という訳ではないが、武将としては些《いささ》か物足りない。ただ目端が利くことを見込まれ、将軍足利義昭《あしかがよしあき》が越前に訪れた際、若くしてその警護役を命じられたこともあった。

同じ家中とはいえ、吉隆は長繁と顔馴染《かおなじ》み程度に過ぎなかった。その関係が大きく変わり始めたのは、今から二年前の元亀《げんき》三年（一五七二）のことである。

同盟を結ぶ浅井《あざい》家の後詰《ごづ》めに、朝倉軍は近江《おうみ》へと出陣した。吉隆はこの時、五百騎を率いて当主である朝倉義景《よしかげ》の近辺を固めていた。

織田軍と睨《にら》み合う最中、突如として重臣である前波吉継《まえばよしつぐ》が敵に寝返った。その翌日、毛屋猪介《けやいのすけ》、戸田与次郎《よじろう》らも続けて寝返る。この時、長繁も共に織田軍に奔《はし》ったのである。

これに織田軍は勢いを得た。一方、朝倉家は総崩れになり、その翌年には織田軍の侵攻を受けて滅亡するに至った。吉隆は抵抗を続けたものの、当主義景が一族に騙《だま》されて討たれたと知っては、もはや戦う意味もない。降伏を決めて、これを容《い》れられた。

この時、越前に入って来た織田軍の中に、揚々《ようよう》と馬を進める長繁を見た。

——この恩知らずめ。

吉隆は心中で罵《ののし》った。これが当時の長繁への印象である。

二

織田家は朝倉家を滅ぼした後、真っ先に寝返った功を認めて、前波吉継を越前守護に任じた。前波吉継は主家を裏切ったという汚名を、少しでも薄めたかったのだろう。この時より姓名を改め、桂田長俊《かつらだながとし》と名乗るようになった。

長繁はというと、府中を与えられることとなり、共に寝返った毛屋、増井甚内助の両名を与《よ》力《りき》とされた。これと同時に吉隆も長繁の与力にされたのである。

それから暫《しばら》くして、長繁の屋敷に与力たちが招かれて酒宴があった。皆が浴びるほどに酒を呑む中、酒の弱い吉隆だけは盃《さかずき》を舐《な》めるようにして呑んでいた。すると、かなり酩酊《めいてい》していたこともあり、毛屋が不用意にも、

「拙者《せっしゃ》は朝倉家の命運ももはや尽きたと思い寝返ったのです。富田様も同じでしょうか？」

などと尋ねたのである。

——それ以外にあるか。

吉隆は腹の中で罵った。確かに朝倉家は衰退していた。だがそのような時こそ、家中で力を合わせて守《も》り立てていくべきだと、吉隆は考えていたのである。

「槍では無理だと言われたのでな」

長繁の返答に、その場にいる者全てが目を丸くした。

「と、申しますと？」

増井が怪訝《けげん》そうに尋ねる。

「朝倉義景よ」

長繁は諱《いみな》を呼び捨てた。詳しく聞けば、前波が寝返った日、長繁は朝倉義景の本陣へ向かい、

——明日、前波の首を取って参り、そのまま近江一国を平らげようと存ずる。

と、進言したらしい。これに対して義景は曖昧《あいまい》な表情を浮かべた。寝返り者を討とうとするその心意気は良い。だがその後のことは聞き捨てられぬ。戦《いくさ》とはそのような簡単なものでは

ない。そもそもお前は普段から、槍一本で国を獲れるなどと宣《のたま》っているが、どだい無理である。それを聞いて血気盛んな若者が無謀な行動に走るかもしれぬ故《ゆえ》、今後はそのようなことは二度と口にするな。

前波の裏切りで苛立《いらだ》っていたこともあったのだろう。義景はそのように長繁に釘を刺した。

「おかしくないか？　俺は槍一本で国を獲れるのに、義景は獲れぬという。腹が立ったので寝返ってやったのだ」

長繁は盃を傾けつつ平然と言い放った。

——おかしいのはお前だ。

吉隆は怒りより恐怖を覚えた。この男は何処《どこ》か壊れているとしか思えない。毛屋や増井も同様の感想を持っただろうが、必死に笑みを取り繕《つくろ》っていた。

「前波……いや今は桂田か。あれが先に寝返ったので、まず守護になるのは仕方ない。だが俺の武勇を目《ま》の当たりにすれば、きっと織田殿は俺を守護に挿《す》げ替えるだろう」

長繁は日頃から、そうも言っていた。それほど簡単なはずはない。だが長繁の顔は無邪気そのもので、本気でそう思っているらしい。

そして、その武勇を示す時が来た。長島《ながしま》一向一揆《いっこういっき》攻めで一騎駆けを行ない、両手で足りぬほどの首を挙げたのである。手柄は認められたものの、長繁が守護になることはなかった。

「何故《なにゆえ》じゃ。桂田は出陣もしておらぬのに」

長繁は憤慨《ふんがい》した。この頃、桂田は病《やまい》で失明しており、軍を率いての出陣は無理というもの。

だがそのようなこと、長繁には関係がないらしい。ただ己が認められぬことに激怒した。

「よし、討とう」

長繁はけろりと言うと、先ほどまでの怒りが嘘の如く落ち着いた。

「お、お待ち下さい。そのようなことをすれば、織田家への謀叛《むほん》となりますぞ」

吉隆は必死に止めた。たまたまそこに居合わせただけだが、長繁がそのようなことをすれば、己とてただでは済まない。

「では、どうしろと?」

長繁は低く言う。その目が据《す》わっている。

――この男は尋常《じんじょう》ではない。

天から武勇を与えられた代わりに、何か大切なものが欠けているとしか思えない。これ以上の反対は死に繋《つな》がると直感し、吉隆は懸命《けんめい》に知恵を絞《しぼ》った。

「一向一揆……そうです。一向一揆に桂田殿を除かせてはどうでしょうか」

隣国の加賀《かが》は一向一揆が国を占拠しており、越前でもその勢力は強い。これを扇動《せんどう》してはどうかと吉隆は勧めた。これも十分に謀叛だが、いきなり討ち果たすよりも遥《はる》かにましである。

「なるほど。お前は天才か!」

長繁は呵々《かか》と大笑して、吉隆の肩を叩く。やはり常軌《じょうき》を逸《いっ》しているとしか思えなかったが、吉隆は愛想笑いを懸命に浮かべた。

かくして長繁は一揆を扇動した。一揆勢は大挙して桂田を攻めようとした。ここで放っておければよいものの、血が騒いだのか、長繁は自らも軍を出して桂田を討ち取ってしまったのである。

——どうすればよい。

吉隆は茹《う》だるほど頭を働かせた。桂田救援のために兵を出したが、間に合わなかった。そう信長に申し開きをするべきか。いや、富田軍が一揆勢と合流してしまっている今、そのような苦しい言い訳が信長に通る訳がない。

「三郎次郎、ちと相談がある」

長繁は、そのようなことは意に介《かい》さずに己を呼ぶ。前に策を口にして以降、酷《ひど》く気に入られてしまっており、片時も側から離そうとしないのだ。

「……何でしょうか」

「魚住《うおずみ》も討とう。これで守護は間違いない」

——馬鹿な。

そう口を衝《つ》いて出そうになるのを必死に抑えた。

これも元朝倉家家臣で、織田家に魚住景固《かげかた》という人がいる。仁愛に溢《あふ》れた人で、領民たちからも頗《すこぶ》る慕《した》われている。桂田が死んだとなれば、真っ先に守護にと考えられるのは間違いないだろう。ただそれだけの理由で長繁は先に討とうとしているのだ。

「何か良い策はないか。ないならば俺が今から一駆《ひとか》けして……」

「あ、あります！」

これ以上、状況を悪化させてはならない。せめて表立って殺すのだけは避けねばならない。急遽《きゅうきょ》、吉隆が絞り出した策は、富田の屋敷に招いて討つというものである。怪しいことこの上ないが、たまたま病死したで押し通せば一縷《いちる》の望みがある。

「お前……」

長繁は眉《まゆ》を顰《しか》める。まずかったか。血の気が引くのを覚えた矢先、豪快に笑った長繁に胸を小突《こづ》かれた。

「やはり天才だ！」

「あり難き幸せ……」

三

桂田を討った僅《わず》か四日後、魚住を朝餉《あさげ》に招いた。だが誤算があった。魚住は自身の次男を帯《たい》同《どう》してきたのである。これでは病死という言い訳は使えない。吉隆は目配せをして中止を訴えると、長繁はこくりと頷く。

これで伝わったのだと思ったのが愚かであった。飯を食い、酒を酌《く》み交わした後、旧主義景秘蔵であった中村の太刀《たち》をご覧に入れようと案内すると、長繁はその太刀を抜いて魚住の首を刎《は》ね飛ばしたのだ。吃驚《きっきょう》する次男が刀を抜こうとするが、これも一太刀で首を落とす。故に今、己はこうして血飛沫《ちしぶき》を受け、呆然としているのである。

「富田様……目配せを……」

吉隆は何とかそう絞り出した。

「気付いていたぞ。二人とも討てということだな。やってやったぞ」

もう何も言う気が起こらない。この人は純粋にこれで守護になれると、国を獲れると信じている。世の人が言う悪とは、純粋過ぎることを言うのかもしれない。

「さて、兄の方も始末するか」

翌日、長繁は軍を出し、魚住館に攻め寄せて、残る長男を討ち果たした。何と言い訳しようが、信長はこれを謀叛と取るであろう。もう後戻りは出来なかった。

――何とか味方を増やさねばならない。

そう考えた吉隆は一計を案じた。長繁の弟をすでに岐阜へ人質として送り、越前守護の朱印を貰《もら》ったと吹聴《ふいちょう》したのである。

これは朝倉家旧臣たちには効果があり、長繁に表立って反抗しようとする者は出なかった。だが一方、重要なことを見落としていた。一揆勢は長繁が謀叛し、共に織田家と戦うと思っている。それが裏切られたのだと考え、与力の増井、毛屋の二人の城に攻めかかって殺してしまったのである。

「もう何が何だか訳が解らぬ……」

吉隆は頭から煙《けむり》が噴き出しそうになった。織田家にも、一揆勢にも裏切り者だと思われている。これを打破する策など思い付かない。

吉隆の苦悩をよそに、長繁は飄々《ひょうひょう》と言い放った。

「一向坊主どもが調子に乗っておるのが気に食わん。このまま一揆をのさばらせるのは無念、無念……潰してやろう」

「流石《さすが》にそれは……」

府中の南、今庄湯尾峠《いまじょうゆのおとうげ》には一揆勢二万が陣を布《し》いている。西からは三万五千の一揆勢が鯖江《さばえ》に陣取った。北からは五万の一揆勢が浅水《あそうず》近辺に。さらに東からは三万三千が日野《ひの》川を挟み、府中と目と鼻の先の帆山《ほやま》河原に攻め寄せて来ている。総勢、十三万八千の途方もない軍勢である。逃げ出すことしか考えていなかった吉隆は絶句した。

「何故、そこまで……そこまで戦おうとするのです」

これで殺されるかもしれない。そう吉隆は解っていながら、思わず口から零《こぼ》れた。

「何故だろうな。俺も解らぬ。だが生まれてからこれまで、頭の中で飛べ、飛べと聞こえる。富田姓の者は皆そうなのかもしれぬぞ」

長繁は大真面目な調子で言った。

「とんだ……だけにですか。洒落《しゃれ》にもなりませぬ」

吉隆は苦笑いすることしか出来なかった。

「ふふ。だが俺とて疲れもする。いつか止めてくれる者がいないかとも望んでいる」

長繁はそう言うと、鞣《なめ》し革の如き頬を緩《ゆる》め、純白の歯を覗《のぞ》かせた。

長繁は、乱世という時代が産み落とした怪物なのかもしれない。だがその怪物にも苦しさがあると知った今、吉隆は継ぐ言葉が出て来なかった。

「やるぞ」

長繁はそう言うと、のしのしと歩を進めて屋敷を出た。

敵は十三万八千。吉隆の兵も含め、富田軍は僅か七百。長繁はまず、最も近い帆山河原の一揆勢を目指した。

「狩り殺せ!!」

長繁は号令と共に渡河《とか》し、一揆勢に攻めかかる。無数の矢が降って来たが、長繁はそれを掻《か》い潜《くぐ》って大将自ら一番に槍を付けた。その勇猛ぶりに味方は奮起し、敵は恐々となって崩れる。長繁は逃げる一揆勢を執拗《しつよう》に追い、三千という途方もない数の首を挙げた。

「次、行くぞ」

長繁は鯖江の三万五千の一揆勢もあっさりと撃破し、さらに浅水まで軍を進めた。この一揆勢は五万と最も多かったが、苛烈《かれつ》に攻め立てて遂《つい》に打ち破ってしまったのである。

——この人は、真《まこと》に槍だけで国を獲るかもしれぬ。

流石にこの途方もない武勇を目の当たりにして、吉隆も心が躍《おど》ったその時である。長繁はまたしても、予想を遥かに超える一言を言い放った。

「朝倉景健《かげたけ》、景胤《かげたね》を討つぞ!!」

両人とも旧朝倉家臣で、兵を出して近くの長泉寺山砦《ちょうせんじさんとりで》に陣取っていた。長繁が真に織田家によって守護に任命されたのか、はたまた一揆勢と同心しているのか、動向を窺《うかが》うために軍を出して傍観《ぼうかん》していた。それを何故か、長繁は討とうとしている。

吉隆が諫言《かんげん》する間もなく、長繁は突貫《とっかん》する。目的は何か。いや、目的など何もない。ただ長繁は、より高く飛べという声に衝き動かされているのだ。

長繁は葉武者《はむしゃ》には目もくれず、ただ真っすぐに本陣を目指す。砦を守る朝倉家でも名の知れた剛の者である荒木兄弟を瞬《また》く間に討ち、長繁はさらに突き進んだ。

必死に追い掛けた吉隆の目には、その背が無性《むしょう》に哀《かな》しげに映った。

――いつか止めてくれる者がいないかとも望んでいる。

長繁の言葉が頭を過《よぎ》った刹那《せつな》、吉隆は横を走る鉄砲足軽に向けて叫んでいた。

「貸せ!」

受け取った鉄砲を馬上で構える。長繁がそうであるように、吉隆もまた目に見えぬ何かに動かされている感覚を受けた。吉隆が引き金を絞ると、轟音《ごうおん》が鳴り響き、噴き出した硝煙《しょうえん》の中の背が傾き、ゆっくりと地に落ちていった。いや、この常識を逸脱《いつだつ》した男には天地さえ逆さまで、高く飛んだのかもしれない。そのようなことを考え、吉隆は下唇《したくちびる》を噛《か》みしめた。

富田モトヨリ堅ヲ破ル事、樊噌《はんかい》ガ勇ニモ過《すぎ》タリ。四方ヲ払《はらい》テ、八面ニアタリ、頃刻ニ変化シテ、百般戦フ程ニ、又一揆等許多《そこばく》討レテ、蠅《はい》ヲ払《はらう》ガ如《ごとく》逃去《にげさり》ケリ。然雖《しかりといえども》、朝倉孫三郎・同名三郎景胤ハ、態《わざ》ト一軍《ひといくさ》モセズシテ、長泉寺《ちょうせんじ》ノ高山《たかき》ニ居陣《きょじん》アリ……(『越州《えっしゅう》軍記』)

新潟県

上杉謙信

蒼天の代将

一

——暫《しば》し御屋形《おやかた》様の傍《そば》に侍《はべ》るように。

そのお達しが届いた時、樋口与六《ひぐちよろく》が歓喜を覚えたのは一瞬のこと、すぐに恐ろしさが湧き上がって来て身が震《ふる》えた。上杉家にとって御屋形様は当主というだけでなく、神仏《しんぶつ》にも等しき御《お》方《かた》なのである。

与六だけでなく、上杉家中に生まれた者は幼い頃から寝物語のように、御屋形様の伝説を聞いて育っている。川中島であの武田信玄《たけだしんげん》の陣にただ一騎で斬り込んだとか、あるいは貝が蓋《ふた》を閉じるように小田原《おだわら》城から出てこない北条氏康《ほうじょううじやす》に対し、城門の前に座り込んで酒を呷《あお》ったとか、それらは全て並の武将の逸話《いつわ》とは一線を画している。

長《ちょう》じた後、それは真《まこと》かと首を捻《ひね》ったこともある。しかし尋ねることは疎《おろ》か、疑うことすら恐れ多い。上杉家中にはそのような雰囲気《ふんいき》が流れており、確かめることは出来ないでいる。

与六は越後《えちご》上田庄で、樋口兼豊《かねとよ》の子として生まれた。樋口家は上田長尾氏の家老を務めている家柄であった。

当主長尾政景《まさかげ》の妻は御屋形様の姉である。そのこともあって子のいない御屋形様に、長尾政景の子が養子に入り、上杉景勝《かげかつ》と名乗るようになっている。与六がこの景勝のそば近くに仕えたのは、天正《てんしょう》元年（一五七三）のこと。それから四年、与六は齢《よわい》十八となっている。

そんな己《おのれ》がなぜ御屋形様の下《もと》に呼ばれたのか。後に知ったことだが、どうやら己以外にも数人が呼ばれている。御屋形様のもう一人の養子、北条家から入った上杉景虎《かげとら》の近習《きんじゅう》などである。

――御屋形様は見極めようとなさっているのか。

上杉家の跡取りは未《いま》だ決まっていない。二人の養子だけでなく、その近習からどちらが後継ぎに相応《ふさわ》しいか探ろうとしている。与六はそう取った。

初めて目通りをした時、他に呼ばれた者は畏敬《いけい》の念が弾《はじ》けたように身を震わせていた。しかし与六は少し別の感情を抱《いだ》いた。毘沙門天《びしゃもんてん》の化身《けしん》などと耳にしていたのに、眼前の御屋形様は物腰が柔らかく、話される言葉が一々慈愛《じあい》に満ち溢《あふ》れていたからである。

二

それから間もなく、御屋形様は軍令を発した。二万という大軍を擁《よう》して能登《のと》に侵攻したのである。落とすべき七尾《ななお》城は天下に名高き山城。無用な損害を抑えるべく取り囲んでいたが、関東で北条家が蠢動《しゅんどう》したとの報があり、一時本拠である春日山《かすがやま》城に帰った。しかしここで御屋形様は、家中の誰もが驚く言葉を発した。

「再び能登に向かう」

というのだ。上杉家が引いたことで、敵対する能登の畠山《はたけやま》軍が暴れ出している。しかし関東管領《かんれい》の職を受け継いだ上杉家の宿願は関東の鎮撫《ちんぶ》。能登の制圧は目標としては一段落ちる。それなのに活発に動く北条家をさしおき反転するというのである。しかも戻ってきたばかりであるのに。

皆が困惑する中、上杉軍は二万の大軍で再度能登に押し寄せた。畠山軍はまたぞろ七尾城に逃げ込んだが、今回は百姓、町人まで含めて籠《こも》ったため、兵糧《ひょうろう》が足らず、糞尿《ふんにょう》の処理も追いつかず疫病《えきびょう》が蔓延《まんえん》した。畠山家はこのままではいかぬと、かねてより誼《よしみ》を通じていた、織田信長に救援を請《こ》う使者を送った。

――織田軍、越前《えちぜん》を発つ。

との報が入ったのは、風も涼しくなり始めた八月も半ばのことであった。

織田信長は今や実質的な天下人。その勢力を着々と伸ばし、一昨年には信玄亡きあとの武田家を、長篠《ながしの》で打ち破るほどとなっている。上杉家にとって宿敵であった武田家だが、その大敗以降は風前《ふうぜん》の灯火《ともしび》といってよい。今、天下で織田家に対抗出来るのは、上杉家を含め数家のみ。しかし上杉家と織田家の関係は概《おおむ》ね良好であったのだが、織田家が上杉家との決戦も辞さない構えを見せてきたことになる。

その総勢は上杉軍の倍の四万。七尾城も落ちていない今、撤退以外に道は残されていないと誰もが思った。だがその直後、御屋形様が口にしたのは意外なことであった。

「此度《こたび》は七尾城を攻め切る。その上で加州《かしゅう》に雪崩《なだ》れ込む」

と、いうのである。

「加賀《かが》を完全に掌握《しょうあく》するだけで、織田家と本気で構えるつもりはないだろう」

「織田家を打ち破り、いよいよ上洛《じょうらく》じゃ」

などと、家中では様々な憶測《おくそく》が飛び交ったが真実は解《わか》らない。与六は幼い頃から賢《さか》しいと言われ、軍学にも長じて来た。大抵《たいてい》のことは見抜けるつもりでいたが、此度の御屋形様の決断は理解しかねた。正直なところ国力は五倍以上に開いており、今の織田家と戦っても勝ち目が無い。それを解っているからこそ、御屋形様も織田家との融和《ゆうわ》に努めてきたはず。それをかなぐり捨てて、しかも劣勢の戦《いくさ》に臨《のぞ》む意味が解らなかった。

九月十五日、七尾城が落ちた。続けて十七日、加賀と能登の境にある末森《すえもり》城を落として、手勢の一部を割《さ》いて守らせた。それで上杉軍は一万二千まで目減りしている。

織田軍接近の報を受け、これに応じる形で上杉軍も加賀へ進む。御屋形様の傍に呼ばれて従軍している与六は、白馬に揺られる御屋形様をちらりと見た。

——何をお考えなのだ。

御屋形様は手綱《たづな》を握りながら、天を見上げて目を細めている。毘沙門天、軍神と呼ばれる割にその瞳は穏《おだ》やかに見える。

「如何《いかが》した、与六」

空から視線を外さぬまま御屋形様から尋ねられたことで、与六は心《しん》の臓《ぞう》が爆《は》ぜるかと思うほど驚いた。明らかにこちらは死角から見たはず。さらにこれまで名を呼ばれたことがなく、覚えて下さっていることにも驚いた。

「いえ……ご無礼《ぶれい》を」

下手な言い訳をせず詫《わ》びたが、御屋形様は片手で手招きをする。近くに馬を寄せろという意だと察した。こうなっては逆《さか》らうほうが恐ろしい。御屋形様の命は絶対で、無用な礼などは好まぬ御方なのである。馬を寄せると、御屋形様は囁《ささや》くような小声で言った。

「聞きたいことがあるのだろう。許す」

与六は喉《のど》を鳴らした。嘘は通じない。そう直感が告げているのだ。

「織田家に対するのは何のために」

緊張により背筋に汗が伝う。そう尋ねるのが精一杯であった。

「ただしてやろうとな」

それだけでは意味が解らない。与六は必死に考えて真意を汲《く》み取ろうとした。

「仏罰《ぶつばつ》を恐れぬ信長の所業をただすと」

御屋形様は仏教への信仰が篤《あつ》い。比叡山《ひえいざん》の焼き討ちに代表されるように、悪逆を尽くす信長をただす。義を重んじる御屋形様らしい動機ではある。

「いや、こちらよ」

御屋形様は両手を離し、掌《てのひら》に指でゆっくりと文字を書いた。

「正す……」

「まあ、見ておけ」

御屋形様はそう言って話を打ち切った。その口元が微《かす》かに綻《ほころ》んだように見えたのは、与六の気のせいであろうか。

上杉軍は悠々《ゆうゆう》と行軍し、やがて加賀手取川《てどり》を挟《はさ》み織田勢と対峙《たいじ》することとなった。帷幕《いばく》に物見が飛び込んで来て鋭く叫んだ。

「敵の総大将は柴田勝家《かついえ》。その数約四万！」

「やはり信長はおらぬか……」

御屋形様は詰まらなさそうに零《こぼ》す。その顔は、どこか玩具《がんぐ》が手に入らなかった子どもを彷彿《ほうふつ》とさせた。

「帰ろうか」

「殿、お待ち下され」

謙信《けんしん》が床几《しょうぎ》から立とうとしたので、普段は諾々《だくだく》と従う重臣たちも、狼狽《ろうばい》して流石《さすが》に止めた。

何のためにここに来たのか、そして何に機嫌を損ねたのか、誰一人として解らない。

「信長無しでは意味がない」

信長を討ち取るのが目的か。それならば眼前の敵を撃破し、さらに兵を進めて越前、近江《おうみ》に雪崩れ込めばよい。だが御屋形様は、その気は無いと言下《げんか》に言い放った。

「では……何のために……」

末席に控えていた与六は思わず声を漏らしてしまった。重臣たちがぎょっとするが、御屋形様は怒る様子はない。細く息を吐《は》いて小姓《こしょう》の一人に命じた。

「あれを持て」

小姓が漆塗《うるしぬ》りの重箱を運んで来る。誰一人としてこのようなものを持って来ていると知らぬようで、衆に軽く騒《ざわ》めきが起こった。重箱の蓋が取られ、皆が立ち上がって覗《のぞ》き込んだ。

「これは……」

皆が息を呑《の》む。与六も目を疑った。ここにあるはずの無いものだったのである。

「かつて儂《わし》が、奴の目の前で取ったものだ」

奴が誰を指すか。かつてが何時《いつ》を指すか。皆が瞬時に悟《さと》った。京に潜伏《せんぷく》させている者からの話だと前置きし、御屋形様は語った。

「近頃、信長が囀《さえず》っているそうな。奴が生きていても、儂の敵ではなかったとな……それが過《あやま》ちだということは、儂が最も知っている」

そこで言葉を区切り、抜けるような蒼天《そうてん》を見上げて御屋形様は続けた。

「死人に口無し……故《ゆえ》にな」

そんなことの為《ため》にとは誰も口にしない。思いもしていないだろう。御屋形様の意外な動機に、感激に身を震わせている者すらいる。

「だが信長がおらぬではな」

御屋形様が苦笑するのに対し、重臣の一人がすかさず答える。

「敵将の柴田勝家は織田家きっての猛将。敵は三倍以上……示すにはよい頃合いかと」

ちょいと顎《あご》に手を添えて考えた後、御屋形様は頷《うなず》いた。

「ならばやるか。先刻言ったように、たったそれだけの訳だ。よいか」

言い切ったと同時に、皆が一斉に声を揃《そろ》えて応じた。

三

翌日、織田軍が動いた。鉄砲隊を前面に押し出し、手取川を渡河《とか》してきたのである。轟然《ごうぜん》と鉄砲が火を噴き、前衛の数人が倒れる。しかし叫び声は疎か、吐息《といき》さえも殺しているかのように整然として動じない。御屋形様が何の下知《げち》も出さない時は任せるということ。重臣の一人がこちらも鉄砲隊を展開しようとした。織田家ほどではないが、上杉軍にも五百ほどの鉄砲があるのだ。

「鉄砲は使わぬ。捨てさせろ」

「鉄砲を捨てよ！」

即座に重臣は命じる。他家の者が見れば仰天《ぎょうてん》するだろう。だが上杉家中で、御屋形様の戦の仕様《しよう》を疑う者は誰一人いない。

「魚鱗《ぎょりん》で行くぞ。与六、伝令」

御屋形様がよく用いる陣形ではない。これも彼《か》の男が得意としたものである。与六は素早く頷くと大急ぎで下知を伝えた。

「魚鱗！　魚鱗で耐えよ」

兵たちは迷い無く鉄砲を捨て、魚鱗に並び直した。この鮮やかな動きは他家の追随を許さないであろう。その間も織田軍が放つ矢玉が襲いかかる。御屋形様の頬《ほお》をも掠《かす》めるほどの勢いである。

「かかれぇ！　謙信坊主の首を取れ！」

敵将の一人の大音声《だいおんじょう》がここにまで届いた。織田全軍は突撃を開始し手取川に飛び込む。川が人馬《じんば》で埋まり、黒く変色したかのように見えた。

「背水の陣は十中八九しくじるものよ」

御屋形様が小さく鼻を鳴らした。川を背後に戦えば退路に窮《きゅう》することから、元来は下策《げさく》として扱われる。楚漢《そかん》戦争において韓信《かんしん》がそれを逆手《さかて》に取り、兵を奮起させるために使ったのである。つまり全兵が意識してこそ意味がある。今の織田軍の恰好《かっこう》はまさしく背水の陣であるが、そのような意識は皆無《かいむ》と見てよい。

「頃合いか……幟《のぼり》を掲《かか》げよ」

御屋形様が呟《つぶや》く。「毘」や「龍」の白地《しろじ》の沢山の幟の中に、一丈の新しい幟が上がった。紺《こん》色に金字。そこに書かれている文字は、

――疾如風徐如林侵掠如火不動如山。

世に謂《い》う武田の風林火山。御屋形様が持たせた重箱の中に納まっていたのは、この幟であった。御屋形様は自らも馬上の人となっている。

「追い落とせ」

太刀《たち》を抜き放つ。そして迫り来る織田勢を指すと静かに言った。波紋《はもん》が広がるように声が上がり、やがてそれは天を衝《つ》くほどの猛々《たけだけ》しい鬨《とき》と化した。

上杉軍は猛然と織田軍に嚙《か》みついた。御屋形様も白馬を駆《か》る。与六は手綱を繰りながら必死に追い縋《すが》った。織田兵は案山子《かかし》の如《ごと》く倒れていく。颯爽《さっそう》と駆ける御屋形様の背に神韻《しんいん》が漂《ただよ》っているかに見えた。

織田兵は不意を突かれ逃げまどうばかり。しかし、先ほど渡ってきたばかりの手取川に阻《はば》まれて後退することも儘《まま》ならない。槍先にかかる者、川で溺《おぼ》れ死ぬ者、目も当てられない有様《ありさま》であった。

一万二千の上杉軍は、四万からの織田軍をわずか四半刻《しはんとき》（約三十分）で打ち破った。織田軍で討ち死にした者は二千。溺れ死んだ者は五千を超え、傷を負った者は数知れない。一方の上杉軍は討ち死人が百、傷を負った者ですら三百ほどである。尋常《じんじょう》ならざる未曾《みぞう》有の大勝利といえよう。

「越後へ帰る」

御屋形様は追撃もせず、軍を返すように命じた。その帰路、御屋形様は再び与六を手招きして呼び寄せた。

「解ったか。儂の気儘《きまま》よ」

「は……」

何と答えてよいか判《わか》らずに曖昧《あいまい》に濁《にご》した。

「若いお主《ぬし》には解らぬだろう。たったそれだけの為に戦をするなど」

余計な言葉を削《そ》ぎ落としたならば、武田信玄が信長に貶《おとし》められた。それが過ちであることを証明するために、信玄に成り代わって戦いを挑んだということである。

「互いに苦労するな……奴はそう言っていた」

「言葉まで交わされたので――」

吃驚《びっくり》する与六に対し、御屋形様は否《いな》とも応とも答えなかった。ただ遠くを見つめるのみである。

「いつかお主にも解る時が来る。世の人がたったそれだけと嗤《わら》おうとも、人にはどうしてもやらねばならぬ時があるものよ」

嚙んで含めるように言うと、御屋形様は懐《ふところ》に手を捻《ね》じ込んだ。引き出したその手には件《くだん》の煤《すす》けた風林火山の幟が握られている。

「こんなものでよいか」

耳を欹《そばだ》てねば聞き逃《のが》すほどの小声で言うと、御屋形様はふわりと幟を宙に投げた。まるで応《こた》えるかのように一陣の風が吹き抜ける。放たれた幟は眩《まばゆ》いほどの蒼天へと舞い上がった。この光景を生涯忘れぬだろう。与六はそのようなことを茫《ぼう》と考え、泳ぐように遠くへと運ばれていく幟を暫し見つめていた。


賀州《がしゅう》（加賀）湊川（手取川）迄《まで》取越、数万騎陣取候《そうろう》所二、両越《りょうえつ》（越中・越後）・能（能登）之《の》諸軍勢為先勢差遣《さきぜいとなしてさしつかわし》、謙信事も直馬候処《ところ》二、信玄［長］、謙信後詰《ごづめ》迄聞届候哉《か》、当月廿《にじゅう》三夜中二令敗北《はいぼくせしめ》候処二、乗押付《のりおしつけ》、千余人討捕《うちとり》、残《のこる》者共悉《ことごとく》河へ追籠候《おいこみそうらい》ケル、折節《おりふし》洪水陰《みなぎる》［漲］故《ゆえ》、無瀬《せなく》、人馬不抄《のこらず》［残］押流《おしながし》候（『歴代古案』上杉謙信書状）

青森県

津軽為信

津軽という家

一

廊下を踏み鳴らす激しい跫音《あしおと》、あれやこれやの指図の声、慌《あわ》てるあまり落とした土器《かわらけ》の割れる激しい音。皆が眦《まなじり》を吊《つ》り上げ、狐に憑《つ》かれたように奔走《ほんそう》しており、大浦城内は上を下への大騒ぎとなっている。その光景を眺めていたお福の脳裏に、

――ひょっとしたら、戦場よりこっちのほうが、やかましいのじゃないかしら。

という考えが過《よぎ》り、不謹慎《ふきんしん》にも思わず笑いが込み上げて来た。

今は戦《いくさ》の最中である。だがこの大浦城が戦場になっている訳ではない。ここより南東三里先の六羽《ろっぱ》川茶臼館《ちゃうすだて》で、激戦が繰り広げられている。そして味方を率いる大将こそ大浦為信《ためのぶ》。お福の夫なのである。

為信は、津軽《つがる》の地頭《じとう》の家柄である久慈《くじ》氏に生まれた。嫡男《ちゃくなん》は他におり、為信は家督《かとく》を継ぐことは出来ない。そんな時に久慈氏の一族である大浦為則《ためのり》から縁談が持ち込まれた。この大浦為則こそ、お福の父親なのだ。

お福には他に兄弟もいたのだが、いずれも病弱で、大浦氏を保つことは難しいと父は考えていた。その中でお福だけが反対に快活過ぎた。家中でも、津軽訛《なま》りでお転婆《てんば》を意味する「じゃぱ」と呼ばれて来たほどである。

そんな二人が夫婦となり、為信が養子という形で大浦氏を継いで大浦城主になったのは、永《えい》

禄《ろく》十年（一五六七）のことであった。

津軽地方は南部家《なんぶ》に征服された土地と言い換えてもよい。そのため大浦氏は、都合よく扱われ続けている。出羽《でわ》の安東《あんどう》氏との戦いでは先鋒《せんぽう》として駆り出され、百姓の年貢《ねんぐ》も重く、取り立ても厳しい。同じ陸奥《むつ》ではあるが、津軽の者たちは南部氏からは奴《やつこ》同然に蔑《さげす》まれる。

このことにお福は幼い頃から怒りを持っていたが、南部に立ち向かおうとする者はいない。南部氏の力が強大過ぎるためである。

ある時、南部家当主晴政《はるまさ》の叔父石川高信《たかのぶ》が城を改修するということで、稲付けの頃の繁忙期《はんぼうき》にもかかわらず津軽の者が徴発《ちょうはつ》された。

この時期に農作業を止められれば収穫に影響が出る。百姓たちを守るために為信は時期をずらすように嘆願《たんがん》したが、石川は一蹴《いっしゅう》した。しかもだからといって年貢を下げるなどの救済措置《そち》も取らないという。

昨年の津軽は冷夏の影響で例年より米の収穫が少なかった。口に糊《のり》して凌《しの》いで、ようやくといった頃にこの仕打ち。まるで、お前たちは飢《う》えても構わないと言わんばかりである。

「南部がいなければどれほど幸せでしょうか……」

お福は憤慨《ふんがい》して、思わず夫の前で愚痴《ぐち》を零《こぼ》してしまった。口が過ぎるぞ、我慢しろ、耐え忍べ、そのような言葉が返って来ると思いきや、夫は恐らく津軽の男として初めてのことを口にしたのである。

「ああ、津軽から南部を追い出そう」

その鷹揚《おうよう》な調子に初めは軽口かと思った。しかし夫は本気であった。兵を人夫として送り込み、奇襲で石川城を奪い取り石川高信を追い出した。そして津軽の武士たちに檄《げき》を飛ばし、南部家からの独立を宣言したのである。

二

こうして長きに亘《わた》る独立を懸けた戦いが始まった。南部家の内紛《ないふん》に付け込み、為信は周りの豪族を次々に攻める。決して平坦な道程ではない。天正《てんしょう》三年（一五七五）には大光寺《だいこうじ》城《じょう》の代滝本重行《だいたきもとしげゆき》を攻めたが敗れ、命からがら逃げだしたこともある。しかし為信は諦《あきら》めなかった。

「津軽を津軽の者の手に取り戻すまで、俺は決して諦めぬ」

労《ねぎら》いに出迎えたお福に対し、為信は肩に矢が突き刺さったままの姿で、そう言ったのである。

「私の一言で戦が始まったのなら……女が出過ぎたことを……」

あの時、己《おのれ》は何気なく愚痴を零したつもりであった。為信は元々独立を考えていたと言ったが、それがきっかけになったのではないかと、ずっと心を痛めていた。

「津軽を想うに、男も女もない。お主《ぬし》の一言は俺を奮《ふる》い立たせてくれた」

涙を流すお福に、為信は優しく語り掛けてそっと肩を摩《さす》ってくれた。

為信の決意が伝わったか、津軽の土豪たちも為信から離反《りはん》することはなく、翌年には再度兵を起こして大光寺城を攻めて落とすことが出来た。

津軽独立の障壁《しょうへき》は何も南部家だけではない。出羽の安東家も、虎視眈々《こしたんたん》と津軽に勢力を伸ばそうとしている。

昨年の天正六年（一五七八）には、その安東家に保護されている名家北畠《きたばたけ》家との合戦に及んだ。寡兵《かへい》のため正面から戦う不利を悟《さと》った為信は、予《あらかじ》め北畠の本拠である浪岡御所《なみおかごしょ》に無頼《ぶらい》の徒《と》を潜入させた。そして城下に放火させて攪乱《かくらん》すると、一気に北畠家を滅ぼしたのである。

敗れても決して諦めず、如何《いか》なる手を使っても津軽独立を果たそうとしている夫を、お福は津軽に生まれた一人の女として、心より尊敬するようになっている。

そして今、夫は最大の難局に立たされている。北畠家を滅ぼしたことで安東家は激怒し、まずは津軽に跋扈《ばっこ》する大浦氏を滅すべく、南部氏に持ち掛け盟《めい》が結ばれた。

安東家は配下の比山《ひやま》六郎、七郎兄弟に津軽侵攻を命じる。これに為信から城を追われた滝本重行、北畠家の遺臣たちも参陣する。他に浅利《あさり》氏を始めとする各地の諸勢力も加わり、その数は千を超えるほどに膨《ふく》れ上がった。

一方の大浦勢は五百強。半分の兵では全ての城を守り切ることが出来ず、乳井《にゅうい》城、乳井茶臼館、乳井古館が瞬《また》く間に陥落《かんらく》した。

中には頑強に抵抗している味方の豪族もいるが、このままではいずれ敗れるのは火を見るよりも明らか。為信はこの窮地《きゅうち》を脱するべく、総勢五百の兵を率いて、倍からなる連合軍に乾坤《けんこん》一擲《いってき》の戦いを仕掛けた。

三

六羽川の畔《ほとり》で戦端が開かれてすでに二刻（約四時間）。三里離れたこの大浦城にも、銃声や喊声《かんせい》が聞こえて来る。

「この戦はかなり長くなろう」

お福に対し、為信は予めそう言っていた。今回の戦は常の野戦《やせん》と趣《おもむ》きが少々異なる。互いの砦《とりで》が目と鼻の先にあり、随時互いに兵を出し合って戦うことになるというのだ。

押されれば砦に籠《こも》って退け、敵が退《しりぞ》けばまた打って出る。そのため一気に勝敗が付きにくく、長期戦の様相を呈《てい》している。

敵方には炊《た》き出しを行なう人員の余裕もあるが、津軽勢は半分のために全員が槍を取って戦っている。そのためこの大浦城に残った女衆で米を炊き出し、荷駄《にだ》で砦の裏から運び入れている。反対に怪我人《けがにん》を運び出して手当を行ない、軽傷の者は再度送り出すのもこの城の役目である。

三里後方で間接的に戦に加わっていることで大浦城内は、女たちが忙《せわ》しなく駆け回っているのだ。しかし激しく動いているのに仕事の能率が極めて悪い。金切声《かなきりごえ》が飛び交い狂騒《きょうそう》の様相を呈しており、伝令たちも城内の異様な雰囲気《ふんいき》に暫《しば》し唖然《あぜん》となる。これを戦と呼ぶならば、皆が初陣《ういじん》に等しく浮足立っているのである。

「落ち着きましょう」

「しかし、御方様《おかた》！　慣れないことで皆が慌てるのは仕方ありません！」

お福が静かに言ったが、女中の一人が肩をいからせて反論する。お福はゆっくりと首を横に振って続けた。

「握り飯は普段弁当を持たせるように、手当は子どもの怪我を診《み》るように……私たちは毎日のように家を守る戦をしてきたはずです」

お福は動きを止めた一人ずつの顔を見ながら続けた。

「そういった意味では、戦の時だけきいきい吠《ほ》えている男たちより、私たちのほうが百戦錬磨《れんま》では？」

お福の言い様に思わず噴き出す者、なるほどと感心する者、皆の顔に落ち着きと自信が戻っていくのが見えた。

その時である。また新たに伝令が駆け込んできて大声で叫んだ。

「弾薬が足りません！　城内に余りがあれば搔《か》き集めて送って欲しいとのこと！」

「これは……？」

若い女中がこちらを見て首を捻《ひね》る。

「忘れ物」

お福の一言でどっと女たちが沸くので、伝令は眉《まゆ》を顰《しか》めて困惑している。

「だいたい今更弾《いまさらたま》が足りないって、男どもはどんだけだらしないのさ」

年増《としま》の女たちがやいやい文句を言い、伝令は眉を八の字に垂らす。

「余りがあれば……って、もう無いわよね。それすらも把握《はあく》してないのか、はたまた忘れたのか」

「足袋《たび》はどこだ、楊枝《ようじ》はどこだと喚《わめ》く、うちの父ちゃんを思い出したよ」

白髪《しらが》交じりの女中二人の痛烈な会話に、他の女たちもくすくすと笑う。どうやら味方は防戦一方らしく、思いの外弾薬の消費が激しいという。砦に引き付けて敵を削り、挽回《ばんかい》しようとしているが、このままではあと一刻（約二時間）ほどで弾薬が底をつくとのこと。

「御方様、如何《いかが》いたしましょう」

武器庫には弾薬は一切残っていない。それを失念するほど劣勢に立たされているのだろう。

「作りますか」

「え……」

諦めて無いと報告に戻るつもりだったのだろう。伝令は眉間《みけん》に皺《しわ》を寄せて固まっている。

「城内の錫物《すずもの》を集めて下さい。皆も家にあれば持って来て頂けますか」

女たちの頷《うなず》きが一つになる。もう先ほどまでの浮足立った様子は微塵《みじん》も無い。山のように集められた錫物。中には大浦家に伝わる大事な器もあった。

「全部溶かして弾にしちゃいましょう。どんどん送るから、殿にそのようにご報告を」

お福が不敵に言い放つ。伝令は唖然となりながら、こくこくと頷いた。

弾を作る道具も、火薬を作る材料も城内にある。鍛冶《かじ》屋の娘で家中に嫁《とつ》いだ者も数人おり、その者の手引きで錫を溶かして弾を鋳造《ちゅうぞう》し、擂粉木《すりこぎ》を使って火薬を作る。同じ素人ならば、普段から料理や裁縫《さいほう》をしている女のほうが、余程手際《てぎわ》が良い。あっという間にこつを摑《つか》んで、弾と火薬が出来ていく。

「これを送って下さい！」

大浦勢では、戦場に立てない年寄りたちが荷駄隊を務めている。女たちの活気に当てられたか、老人たちも往年を思わせる威勢の良い声を上げて荷駄を曳《ひ》いていく。

翌日の昼まで戦は続いた。大浦勢は終始劣勢に追い込まれたが、絶え間なく銃を撃って耐え忍んだ。そして敵の僅《わず》かな気の緩《ゆる》みを衝《つ》いて打って出た。敵の大将である比山六郎を討ち取り、連合軍は瓦解《がかい》して津軽地方から這《ほ》う這《ほ》うの態《てい》で逃げて行った。

戦の後、戻って来た為信は気恥ずかしそうにお福に言った。

「あまりに狼狽《ろうばい》していてな。弾薬の備蓄《びちく》が無いのを忘れ、大浦城に取りに行けと吠えてしまったのだ。思い出して止めたが伝令は行ってしまった後。それでも最後の最後まで諦めずに戦おうと決めておったが……まさか真《まこと》に届くとは驚いた」

お福たち女が拵《こしら》えた弾薬は間に合った。その後、大浦城内では戦が終わるまでの一昼夜半寝ずに弾薬を作り、戦場に送り続けたのである。

「女は男たちの勝手には慣れていますから」

お福はくすりと微笑《ほほえ》み、為信は苦笑してこめかみを指で掻いた。

この六羽川の合戦が大きな足掛かりとなり、六年後の天正十三年（一五八五）には津軽地方を掌握《しょうあく》、南部家からの独立を果たす。為信は姓を津軽氏に改め、中央といち早く気脈を通じることで、豊臣、徳川と天下人が代わっても家を残すことに成功した。

お福は津軽独立の悲願に散った桜田宇兵衛《うへえ》、折笠与七《おりがさよしち》などの家臣たちの子息《しそく》に身よりがないことを知ると、それを引き取った。そして城内に長屋を建てて住まわし、自ら台所に立って我が子同然に育《はぐく》んだのである。

為信の死から二十年後の寛永《かんえい》五年（一六二八）四月二十九日、お福は七十九歳で没した。津軽という名の家を生涯守り続けたのである。死の間際には実子だけでなく、多くの津軽の子たちに囲まれ、死に顔はまるで眠るように穏《おだ》やかなものであったと伝わっている。

> 茶臼舘六羽川にて御合戦の時、味方玉薬《たまぐすり》少なけれハ、俄《にわ》かに大浦の城へ人を走らせけるに　大浦にも貯へ少く如何《いかん》せんと周章《あわて》ける処《ところ》、夫人多くの女中を集め玉ひて、錫類の器物を悉《ことごと》く集め丸を鋳立《いたて》、摺木《すりぎ》を以《もつ》て自ら合薬《ごうやく》を製し、昼夜にかけて本陣に送りければバ、味方大いに力を得たりしなり。（『津軽記』）

富山県

半《はん》夏《げ》生《しょう》の人

佐々成政

一

このまま引き下がってなるものか。その一念が凍《こご》えきった脚《あし》を尚《なお》動かしている。身体《からだ》の感覚が無くなったのはもう随分前のことである。

成政《なりまさ》は歯を食い縛《しば》るが、それをはね除《の》けるかのように奥歯が音を立てて鳴っている。

本能寺で織田信長が明智光秀《あけちみつひで》に討たれた後、羽柴《はしば》秀吉は決戦中の毛利《もうり》家とすかさず和議を結ぶと、怒濤《どとう》の勢いで舞い戻り山崎にて光秀を打ち破った。その後、自儘《じまま》に振る舞おうとする秀吉を、筆頭家老の柴田勝家《かついえ》は許さなかった。

しかし秀吉が一枚上手《うわて》であった。北国《ほっこく》街道が雪に閉ざされ越前《えちぜん》の勝家が動けぬうちに、秀吉は反秀吉の勢力を各個撃破していった。

その勝家も近江《おうみ》国賤ヶ岳《しずがたけ》で秀吉に敗れ、今はもうこの世にない。成政は勝家の与力《よりき》として長年戦場を駆け巡った。賤ヶ岳の合戦には、秀吉に同調した上杉家の抑えとして越中《えっちゅう》に残った為《ため》に参戦出来ず、己《おのれ》がいたらと臍《ほぞ》を噛《か》む思いであった。

そして成政だけが残された。最後の望みは織田信長の同盟者であった徳川家康である。成政は家康が起《た》ったと聞いた時、小躍《こおど》りして喜んだ。これで織田家簒奪《さんだつ》を目論《もくろ》む、あの猿面冠者《さるめんかんじゃ》を食い止めることが出来る。

緒戦は良かった。南北呼応して秀吉を大いに苦しめた。得意満面の成政に信じられない報が届いたのは、その直後のことである。家康が成政に一言の断りもなく和議を結んだというのである。横面《よこつら》を殴《なぐ》られたかのような衝撃であった。

「直《じか》に物申し、今一度起たせてやる」

そんな子どもっぽいところが、成政には多分にある。

だが成政も馬鹿ではない。文句を言ったところで、家康が易々《やすやす》と再び起つわけがないとは思っている。しかし、少しでも可能性があるならば動く価値があると考えた。

越中から家康の居る浜松《はままつ》に行く為に通らなければならない越前、近江、美濃《みの》は総《すべ》て秀吉の領地である。敵である成政が堂々と通れるはずはない。

「ならば雪をわけて真《ま》一文字《いちもんじ》に突き進んでやる」

厳冬の立山《たてやま》山系を越えていこうというのである。正気の沙汰《さた》とは思えぬと主張する家臣の反対を押し切り、山岳の案内を生業《なりわい》にする芦峅寺《あしくらじ》の中語《ちゆうご》を案内に付け、家臣十八名と共に浜松を目指した。

熊の毛皮に身をくるみ、四尺（約一二〇センチメートル）の野太刀《のだち》を帯びた物々しい姿である。成政の睫《まつげ》が凍《い》てつき、横殴りの雪が顔に容赦《ようしや》なく降り注《そそ》ぐ。睫に付いた雪の白い結晶が瞬《まばた》きをする度《たび》、薄《う》っすらと視界に入る。

「どこかで見た形だ」

ぼそりと呟《つぶや》いた成政の声に前を歩いていた家臣が振り向いたが、気のせいかと思ったのか、はたまた答える余裕が無いのか、再び前を向き歩き出した。

成政はぼんやりと考えたが、何の形かは思い出せなかった。寒さでまともな思考が出来ないのかもしれない。

「ここからが一番の難所でございます」

中語が叫ぶように言った。そうでなくては聞こえない程、風切り音が囂《かまびす》しい。

「その地に名はあるのか」

戦場で鍛《きた》えられた野太い声で成政も同様に叫んだ。

「我らは『さらさら峠』などと呼びます」

視界は白で塗りつぶされ、一寸先も見えないという表現もあながち誇張《こちょう》とは言えまい。

――にもかかわらず雅《みやび》な名だ。

そんなことを成政は茫《ぼう》と考えた。どれほど歩いたのだろうか。深々と積み重なっている雪を搔《か》き分け、俯《うつむ》きながら黙々と歩《ほ》を進めるのみである。

思えば何の為にこの極寒の中、無謀とも言える行軍をしているのか。家康が今一度起ったところで勝てる戦《いくさ》なのか。大勢《たいせい》は既《すで》に決している。何故《なにゆえ》ここまで秀吉に対して抗《あらが》おうとするのか。己に問い糾《ただ》すが答えは出ない。

「誰か答えてくれ」

思わず口から零《こぼ》れ落ちた。

二

ふと成政が顔を上げると、中語の姿は無い。慌《あわ》てて振り返るが、そこには家臣の姿も無かった。はぐれたと思い焦《あせ》る成政の目の前に、ぼんやりと灯《あか》りが浮かんでいる。目を凝《こ》らすと老人が立っている。物《もの》の怪《け》の類《たぐい》かと、成政は思わず息を呑《の》んだ。

「お主《ぬし》が呼んだからこうして来てやった」

あまりにも唐突な出来事に成政は戸惑《とまど》いを隠せないが、人では無いことは朧気《おぼろげ》に理解できた。そうでなくては、襤褸《ぼろ》を一枚纏《まと》っただけの姿でこの様な場所に一時も立ってはおれまい。

「今から、お主が今生《こんじょう》で今一度逢《あ》いたいと願っている者を呼んでやろう」

一陣の強風が吹き荒れ、成政は思わず目を閉じた。

風がやみ目を開けると、老人の姿は忽然《こつぜん》と消えた。夢だったのかと思ったが、もしやと一縷《いちる》の望みに賭け心の中で念じ続けた。

――信長様に今一度お会いしたい。

そう何度も繰り返した。しばらく進むと吹き荒れる雪の中、人影が見え始めた。

「殿！」

思わず叫んだ。しかし、そこに立っていたのは女である。一瞬誰なのか解《わか》らなかったが、懐かしさと、甘酸《あまず》っぱい感情が堰《せき》を切るかのように押し寄せ、鼻の奥を劈《つんざ》くようであった。

「絹《きぬ》……か？」

二十歳の若い頃、初めて惚《ほ》れた市井《しせい》の女で、名を絹と謂《い》う。

三男の成政は身分の違いなどさほど気にすることなく、嫁に迎える約束をしていた。しかし二人の兄が相次いで討ち死にし、家督《かとく》を継ぐことになってしまったのである。

若き日の成政は抗えなかった。いや抗わなかった。武家の習いとして家の大事を選んだのだ。

逢えたのがあれほど念じた信長ではなかったという落胆《らくたん》は、すぐに消えていた。絹にどうしても聞きたかった事があった。

「何故《なぜ》、行ってしまった！　俺の元に来てくれると申したではないか」

吹雪《ふぶき》の中、悲痛な声で叫んだ。

成政は家を継ぐことを決めても、絹のことを諦《あきら》めきれなかった。政略結婚が常の武家。正室に迎えることは叶《かな》うまいが、それでも妾《めかけ》として迎えると絹に言った。その時の絹は言葉では答えなかったが、儚《はかな》い笑みを浮かべて頷《うなず》いてくれたのである。

だが絹は己の元には来てくれなかった。成政が家督を継ぐのとほぼ時を同じくして、市井の若者の家に嫁《とつ》いでいったのだ。それ以降、成政は恋することはただの一度も無かった。

「貴方《あなた》を好いておりました」

絹はあの頃の若く美しいままの姿である。雪景色の中で見ると、まるで雪女のような儚《はかな》さがあった。

「ならば何故じゃ」

食い入るように問いつめる成政だったが、何も答えずに哀《かな》しげに微笑《ほほえ》んでいる。

――それではない……。

真に聞きたかったことは別にあった。長く胸に痞《つか》えていたことである。

「お主は幸せだったのか」

さらに問いを重ねた成政だったが、絹は白濁《はくだく》とした景色に溶け込むように、ゆっくりと消えていった。消える直前、優しく頷《うなず》いているように見えた。

三

気が付くと成政は、中語の腕に抱《かか》えられていた。家臣が成政の周りを取り囲み、不安な面持《おもも》ちでのぞき込んでいる。どうやら気を失っていたらしい。

吹雪は勢いを弱め、幾日《いくにち》ぶりかの蒼天《そうてん》が広がっている。

「人に逢った」

成政は思わず呟いた。家臣たちが口々に誰と逢ったのかを聞いてきたのだが、初恋の女とも言えずに、

「悪七兵衛景清《あくしちびょうえかげきよ》にお見それしたと言わせてやったわ」

と嘯《うそぶ》き、にやりと笑った。革の手袋に包まれた掌《てのひら》にふわりと雪が舞い降りた。

その美しい幾何学《きかがく》模様の一粒を、成政は顔を近づけてじっと見つめた。思い出せずにいた似たものが解ったのである。

——織田家の家紋、木瓜《もっこう》か……

なぜ抗うのかようやく理解できた。織田家が無くなるということは己が最も輝いた日々を、大切なものを奪われるということなのだ。若き日の己は本当に守りたい者を、共に生きたいと願った者を捨て、武士《もののふ》の習いに従った。

己は、生きたいように生きられぬこの戦乱の時代に、抗い続けていたのだと悟《さと》った。そう思った時には、成政の温かな吐息《といき》で木瓜の粒は滴《しずく》に変わり、掌から零れ落ちた。己はまさしくこの粒のようなものだ。もうすぐ消えて無くなる運命であろう。

「絹」

ぽつりと呟いた一言を白い息が彩《いろど》る。家臣たちは怪訝《けげん》そうな顔で成政を見つめていた。

死ぬほどの思いでたどり着いた浜松で、成政が家康に向かって言い放った言葉は、

「俺は死ぬまでやってやる」

と、文句とも決意表明ともつかないものだった。成政が帰ったあと家康は、

「やつは何をしに参ったのだ」

と、首を捻《ひね》ったものである。

翌年、成政は越中に戻り大いに奮戦した後、家臣の命を守る為、意地を捨て全面降伏した。

その二年後、肥後《ひご》に封《ほう》じられたが、失政の責めを一身に受け切腹した。傍《かたわ》らには真夏に雪が降ったように白く染まった半夏生《はんげしょう》の葉が、冬を待ち焦《こ》がれるかのように風に揺れていた。

成政《なりまさ》又た伝へ聞く両翁《りょうおう》は天下にかくれなき力士なれは何とぞ力を示し見せ給《たま》へと請《こ》ひけれは景清《かげきよ》盛嗣《もりつぐ》打笑《うちわら》ひかく老《おい》ぼれて今は争《いかで》か力の侍《さむら》ふべきといふ（中略）二人は忽《たち》まち失《うせ》にけり……（『肯構《こうこう》泉達録《せんたつろく》』）

福島県

金上盛備

雅なる執権

一

「ようやく近江《おうみ》か」

馬上、金上盛備《かながみもりはる》は眼前に広がった琵琶《びわ》の湖を見つめながら呟《つぶや》いた。厳密に言えば、少し前から近江国には入っているのだが、この雄大な湖を見てようやく実感が湧《わ》いて来る。

すでに陽《ひ》は随分と傾き始め、光の中に紅《べに》色が混じり始めている。まるで湖の中に紅葉を落とし込んだように、湖面はうっすらと茜《あかね》に染まっていた。

「明日には京ですな」

ここまで無事に旅をして来たことで、供の者の声にも安堵《あんど》が滲《にじ》んでいる。

「遠いな」

盛備は苦笑した。

これで京に行くのは三度目であるが、改めてそう思った。会津《あいづ》から京は遠い。言っても詮《せん》なきことであるが、日ノ本《ひのもと》はあまりに広い。

そのせいで行くのに苦労するということもあるが、それ以上の弊害《へいがい》を生んでいると思う。それは人が育つのに時が掛かるということだ。

京では当然とされることも、奥州《おうしゅう》では五年、いや十年遅れて伝わる。そのせいで奥州というのは、常に上方《かみがた》よりも十年後を走っている。政《まつりごと》、軍事、文化など多岐《たき》に亘《わた》ってである。

誰か一人、京より招いて教えを請《こ》えば一気に広がるのではないかと思う者もいるだろうが、実際にはそう上手くゆかぬものである。そのようなことは昔からやっていることだが、教えを受ける側の奥州人の思考がそれに追いつかないのである。結果、そのような手段を駆使《くし》したとしても、浸透《しんとう》するのには結果として数年、あるいは十数年の時を隔《へだ》てなければならない。遠さとは人の思考にまで大きく影響を及ぼすのだ。

——今頃、会津はどうだろうか。

胸中にはいつもそのことがある。

盛備の主家は蘆名《あしな》家と謂《い》う。三浦義明《よしあき》の七男である佐原義連《さわらよしつら》を初代とし、後に領地の名から取って蘆名姓を称した。つまり鎌倉の頃より続く奥州きっての名門である。

足利《あしかが》将軍の頃は京都扶持衆《ふちしゅう》に列し、自他共に「会津守護」と呼称するほどの威勢を誇った。だが今、その頃の勢いは見る影も無い。奥州のもう一つの名門、伊達《だて》家の躍進《やくしん》により、蘆名家は年々窮地《きゅうち》に追い込まれている。

ただこれは伊達家の勢いが強いことだけが理由ではない。この間、蘆名家の当主が相次いで早逝《そうせい》したこと。後継ぎを誰にするかで揉《も》めたこと。他家から養子を取ったことで付いて来た新《しん》参《ざん》と、もともといた古参《こさん》の折り合いが合わぬこと。様々な要因が重なって、家中には幾《いく》つもの派閥《はばつ》が出来ており、常に剣呑《けんのん》な雰囲気が漂《ただよ》っている。故《ゆえ》に足並みが揃《そろ》わず、伊達家にその隙《すき》を衝《つ》かれる格好で押されているのだ。まさしく外敵内訌《ないこう》といった状態である。

「そのようなことをしている時ではない」

盛備は刻々と朱《しゅ》に染まる湖に向けて零《こぼ》した。

家中で争っている時ではない。天下を目前としていた織田信長は本能寺で横死《おうし》し、その後を継いだ豊臣秀吉は凄《すさ》まじい早さで躍進している。やがて関東に盤踞《ばんきょ》する北条《ほうじょう》家、奥州に覇《は》を唱えようとする伊達家をも併呑《へいどん》するだろう。つまり蘆名家としては、

――あと少し。

耐えたならば、伊達家の脅威は除かれ、安泰《あんたい》となるのだ。そのような状況であるのに、家中の者はやれ何々派だの、やれ誰それが気に食わぬだのと揉めてばかりいる。これも遠さ故のことである。もし蘆名家の領地が濃尾《のうび》あたり、いやせめて甲信《こうしん》であれば、秀吉の勢いを肌で感じ、このような内輪揉めをしている場合ではないと察するに違いない。今、そのことを真《まこと》に解《わか》っているのは己《おのれ》だけであろう。

それは何も己が優れているという訳ではない。盛備は幼い頃から、京のことを知ろうとしていた。それは努めてそうしていたというより、京への強い憧《あこが》れがあったのだ。京から連歌師《れんがし》が流れて来たと知れば、父にせがんで屋敷に招いたり、上方から書物なども取り寄せて貰ったりしていたのだ。たまたま己が、上方の全てを積極的に受け入れる姿勢だっただけだ。

「何でしょうか？」

「いや」

独り言が聞こえたのだろう。供の者は怪訝《けげん》そうにし、盛備は首を横に振った。

盛備は蘆名家の庶流《しょりゅう》、金上家の十五代当主である。家督《かとく》を継いでからというもの、斜陽《しゃよう》の蘆

名家を支えて難しい舵取《かじと》りをしてきた。さらに戦《いくさ》では軍を率いて一歩も退《ひ》かずに獅子奮迅《ししふんじん》の働きをする。そのことで家中のみならず、他家から一目も二目も置かれており、

——会津執権《しっけん》。

などと呼ばれるようになっている。

しかし、その呼び名を聞く度《たび》、盛備は嫌な気分にしかならぬ。確かに己は懸命に働いた。だが結局、蘆名家は衰退しているのだ。大層な名で呼ばれようとも、皮肉にしか思えぬのである。

「雨か」

盛備は天を見上げた。暗雲が近づいてきていたが、遂《つい》にぽつぽつと雨が降って来た。一方、会津は豪雪《ごうせつ》に包まれている。故に伊達家の動きも制限されるため、この時季を選んで上洛《じょうらく》したのだ。

「急いだほうがよいですね」

供の者は言う。今日は蘆名家に縁《えん》のある石田村の寺に泊まり、明日の払暁《ふつぎょう》からまた出立《しゅったつ》して京に入る予定だ。

「雪ならば、いくたび袖《そで》を払はまし……しぐれを如何《いか》に、志賀《しが》の山越え」

ふと脳裏《のうり》に浮かんで口にした。盛備は歌が得意であった。いや、好きであった。これも京への憧れに端《たん》を発する。だからといって、歌に興《きょう》じてばかりいて武芸や兵法を怠《おこた》ったことはない。趣向とは、やるべきことをやった先にあると思っている。

「お見事でございます」

「ありがとう」

盛備は柔らかく答えた。とはいえ、この者は歌の調べを褒《ほ》めただけで、その真意は伝わっていないだろう。

雪ならば幾度《いくたび》でも袖から払い落とせるものの、袖に染み込んでしまう時雨《しぐれ》は、志賀の山を越えるまでどうして凌《しの》げばよいのか。

つまりは、伊達家という雪は何度でも己が払ってみせる覚悟はあるが、家中の内訌という雨はどうにも収める方法が判《わか》らない、という暗喩《あんゆ》である。

「急ぐか」

盛備は皆に向けて言うと、鐙《あぶみ》を鳴らした。雨が降っているならば急ぐしかない。今、己にやれることを急いでやるのだ。盛備はそう心に決めつつ、雨粒のせいで滲む湖を再び見つめた。

二

豊臣秀吉は全国に「惣無事令《そうぶじれい》」なる命を発し、大名間の私戦を禁じている。だが伊達家はこれを無視し、蘆名家の領地をじりじりと削《けず》っているのだ。これは確実に惣無事令に背《そむ》くものであるため、豊臣家としては伊達家を誅《ちゅう》さねばならない。

秀吉は麾下《きか》に降《くだ》った上杉家などに援軍を送るように命じてはいるものの、その数はけして多いものではないし、伊達家は上杉家が来ればすぐに引っ込む。そして上杉家が引き上げた頃、再び侵攻してくるので埒《らち》が明かないのだ。

豊臣家そのものが動くことは未《ま》だ無い。これには関東の北条家の存在が大きい。秀吉としては、伊達家を攻めようとした時、北条家が動けば被害は大きなものになるからだ。反対に北条家さえ降してしまえば、伊達家などは勝手に立ち枯れると思っている。故に目下《もっか》の敵は北条家に定めており、こちらの進捗《しんちょく》が無い限り動かぬ構えである。

盛備が上洛した理由は、そこを曲げて、

──一刻も早く蘆名家を助けて頂きたい。

と、頼み込んで約束を取り付けるためであった。

そもそも盛備が上洛するのはこれで三度目である。一度目、二度目は願いを伝えたものの、秀吉と対面した時間も僅《わず》かなもので、

──出来る限り早く兵を送る。

という曖昧《あいまい》な返答しか得られなかった。

そろそろ時限が迫っている。伊達家による侵食《しんしょく》は日を追うごとに強くなっている。己が軍を率いて伊達軍を退《しりぞ》けたとしても、他では纏《まと》まりの無さから敗退を続ける。それより厄介《やっかい》なのは、伊達政宗はこちらの疑心暗鬼《ぎしんあんき》に付け込み、内応工作を行なって来るのだ。口惜《くちお》しいものの、これは見事に功《こう》を奏《そう》し、盛備が一勝したところで、二城、三城が寝返るという事態。このままあと一年もすれば蘆名家は滅亡すると、盛備は見ている。もはやここで秀吉の援軍

を取り付けるしか道は無いのだ。

盛備は謁見《えっけん》の間に案内され、その時を待った。すでに奉行衆《ぶぎょうしゅう》と呼ばれる者が数人臨席《りんせき》している。以前、上洛した時には石田治部《じぶ》、浅野弾正《だんじょう》、増田右衛門尉《ましたうえもんのじょう》、大谷刑部《おおたにぎょうぶ》など、奉行の中でも上席の者たちであったが、今日は初めて見る者たち。はきと断じる訳にはいかぬものの、その顔の締《し》まりの無さから、彼らより遥《はる》かに席次が下の者ではないかと見立てた。だとするならば、これはまずい傾向である。秀吉が蘆名家をさほど重要に思っていない証左《しょうさ》とも取れるからだ。

暫《しば》くして跫音《あしおと》、続いて衣擦《きぬず》れの音も耳朶《じだ》に届き、盛備は頭《こうべ》を垂《た》れて畳《たたみ》へと目を落とした。

「金上か。久しいな」

盛備の頭上に声が落ちて来た。二度聞いた、秀吉のものである。

「はっ……」

「面《おもて》を上げよ。作法は無用じゃ」

秀吉は急《せ》かすように言った。一度顔を上げかけるも、畏《おそ》れ多いと再び頭を戻す。そして二度目にしてようやく顔を上げるのが作法。だが、それを省けという意味であろう。盛備はその通りに一度で面を上げた。

「老《ふ》け込んだな」

演技か、真か、秀吉は驚きの顔になった。

「還暦《かんれき》を過ぎました」

盛備は当年で齢《よわい》六十二。すでに隠居してもおかしくない歳である。だがそれ以上に、

「老軀《ろうく》に鞭《むち》を打って働いております」

というのが大きいだろう。盛備はそう付け加えた。

「伊達のことだな」

秀吉はすんなりと本題に入ってきた。

「左様にございます。この数か月、伊達の動きはいよいよ活発になっております。何卒《なにとぞ》、お助け願い致します」

「肥後《ひご》の件は聞いているか？」

「国人一揆《こくじんいっき》が起こったと」

「うむ。すでに鎮《しず》めたものの、他の地でも不穏《ふおん》な動きがある。それ故、なかなか東国にまで手が回せぬ」

「そこを何とか」

「難しいのう」

秀吉は顎《あご》に手を添えて唸《うな》った。前回までならば、心象《しんしょう》を悪くせぬようにここらで引き下がる。だが今の蘆名家にはもう猶予《ゆうよ》が無い。盛備は腹を決めてさらに踏み込んだ。

「一万……いえ、五千でも援軍を送って頂けぬでしょうか。殿下《でんか》の旗本衆《はたもとしゅう》がいる。それだけで伊達は怯《ひる》むはずです」

「儂《わし》に出ろと？」

「そうは申し上げておりませぬ。御一門の一人でも御大将《おんたいしょう》に何卒」

盛備はさらに食い下がった。が、秀吉はゆっくり首を横に振る。

「間もなく天下は治まる。ここからは一人でも戦で死ぬる者を減らし、泰平《たいへい》の世を創るための力になって貰わねばならぬ。故にこれからは残る戦の全てに、自らが出ようと決めたのじゃ」

秀吉はゆっくりと説き伏せるように言った。

「ならば……」

盛備はそこで言葉を途切ると、秀吉を見据えつつ言い放った。

「殿下自らの出馬を願います」

「無礼者！　殿下に指図《さしず》するか！」

突如、奉行の一人が吼《ほ》えた。それを皮切りに他の奉行だけでなく、小姓《こしょう》までもが痛烈《つうれつ》に罵《ののし》った。その中、身を揉むようにしている小姓がいる。歳は十二、三であろう。何かを言おうとするが、言葉が出てこないといった様子である。これで盛備は、

――なるほど。

と、心中で呟いた。これは予《あらかじ》め決められた筋書きなのだと悟《さと》ったのである。

やがて秀吉がすっと手を上げると、皆がぴたりと鳴りを潜《ひそ》める。秀吉は一呼吸置き、

「すまぬな。儂はそのようには思ってはおらぬ。蘆名の苦境も察する。だがどうにもならぬのだ」

と、言った。盛備はいよいよ秀吉の考えていることが透けて見えてきた。

北条家の動きを警戒しているのは事実。とはいえ、今の秀吉が一万や二万の兵を出せぬはずがない。つまり端《はな》から援軍を出す気などないのだ。

それは何故《なぜ》か。恐らくそれは、豊臣家の事情に関係している。豊臣家は急膨張したため、家臣に与える領地が慢性的に不足している。今、救いの手を差し伸べれば蘆名家は領地安堵《りょうちあんど》、あるいは減封《げんぽう》されても存続する。滅ぼされてから、伊達家を討てば、蘆名領は全て豊臣家が取れると考えているのだ。

「そういうことなのですな」

盛備が言うと、秀吉も真意が伝わったことを察したらしく、

「悪いな」

と、低く返した。

「事情は察しまする。しかし、めごい御児子《おちご》にまで罵らせようとせずとも、本心を打ち明けて頂きとうございました……」

盛備が言うと、秀吉は少々ばつの悪そうな顔付きになった。その時である。

「めごい？」

奉行の一人が噴き出すのを切っ掛けに、衆がくすくすと笑った。ただ先ほどの小姓だけは心苦しそうに俯《うつむ》いている。

奥州人は可愛《かわい》らしいという意味で「めごい」という言葉をよく使う。それの何が可笑《おか》しいのか。この者ども、秀吉に媚《こ》びる人を毎日のように見ているため、いつしか己が偉いと錯覚し、

遠国《おんごく》の者を鄙人《ひなびと》だと見下《みくだ》しているのだろう。

盛備は深く息を吸うと、静かに語り始めた。

「これは名家に集まる人々とは思えません」

「何……」

「古《いにしえ》の歌には、『花のめごさよ』と詠《よ》まれております。鄙の言葉とは言えますまい」

ぴしゃりと言うと、皆がぐっと押し黙った。

「よう知っておるのう」

秀吉は感心するように唸った。

「上方に憧れて学びました」

「歌にか？」

「いえ、振る舞い全てです。確かに奥州は上方から見れば鄙。無骨《ぶこつ》なだけでなく、無道な振舞いをする者は多くいます。伊達などその最たるもの」

盛備は息を継ぐと、さらに続ける。

「弱き者を憐《あわ》れみ、強き者を挫《くじ》く。上方ではそのような者こそ英傑《えいけつ》と語られて来たと聞きました。そのような生き方に憧れを抱《いだ》いたのです」

「そうか……」

「今も私は信じております」

盛備は、はきと言い放った。秀吉は細く息を吐《は》くと、

「半年、待てるか」

と、頬《ほお》を引き締めて言った。

「それが際《きわ》だと。してのけます」

「よし。解った。待っておれ」

秀吉が明言するのを聞き遂《と》げると、盛備は唇《くちびる》を結んで深々と頭を下げた。

三

盛備は帰国後、落魄《らくはく》の蘆名家を支えて奮闘した。これまでと異なり、秀吉からは矢継ぎ早に書状が届き、本気で助けてくれようとしていることが伝わる。

しかし、豊臣家は半年経っても動かなかった。間《ま》の悪いことにこの年は甚大《じんだい》な不作となり、各地で飢饉《ききん》が発生したのだ。

一万、二万と言ったとはいえ、北条家が動くことを考えれば、やはり後詰《ごづ》めも含めれば少なくとも五万は動員しなければならず、とてもではないが兵糧《ひょうろう》が足りない。秀吉の書状にも、心底詫《わ》びる内容が綴《つづ》られており、何とか兵糧を捻出《ねんしゅつ》して向かう旨《むね》が記されていた。

結果、盛備は約束の半年を過ぎ、一年耐えた。が、重臣の猪苗代《いなわしろ》家が寝返ったのを切っ掛けに、伊達家が大挙して攻め寄せて来た。

盛備はなおも奮戦したが、各地で味方は敗走を重ね、伊達家に降っていく者も後を絶たな

い。本拠である黒川城《くろかわ》まで伊達家が迫る段になり、

「諦《あきら》めてはなりませぬぞ」

と主君蘆名義広《よしひろ》を励まして、実家である佐竹《さたけ》家のもとへと逃がした。そして雲霞《うんか》の如く肉迫する伊達軍に対し、僅かな手勢を率いて足止めに向かった。

盛備は二刻（約四時間）に亘《わた》って伊達家を食い止め、最後は十数騎と共に伊達家の大軍の中に突撃をして果てたという。その時、何か歌のようなものを口遊《くちずさ》んでいたというが、書き留《と》めた者はいない。ただその姿は勇壮にして、花が香るほどに風雅な韻《いん》が漂っていたという。


金上在京の内に、（中略）古歌《こか》にも、花のめごさよとよめれば、左迄《さまで》東の鄙辭とも覚《おぼ》えぬぞと、會《え》釋《しやく》しければ、當座《とうざ》の面々、辭なかりしとなり（『会津四家合考《しけごうこう》』）

岐阜県

竹中半兵衛

完璧なり

一

――随分《ずいぶん》と遠くまで来たものだ。

竹中半兵衛《はんべえ》は故郷のある東の空を眺めた。幼い頃は美濃《みの》に生き、美濃で死にゆくものと疑わなかった。それが畿内を飛び越え、播磨《はりま》の地にまで来ているのだ。だが、まだ己《おのれ》の望みは一度も叶《かな》っていない。

天文《てんぶん》十三年（一五四四）、美濃国大野郡大御堂《おおみどう》城主、竹中重元《しげもと》の子として生まれた。物心付いた時から、何でもそつなくこなす子であった。剣を取っても同年代の者より遥《はる》かに強かったし、馬にもものの三月《みつき》せぬうちに乗れるようになる。だが人並み以上になると、すぐに修練を止《や》めてしまう。半兵衛はそのような癖を持っていた。

――なるほどこのようなものか。

己が体現出来るかどうかは別にして、仕組みが解《わか》ってしまえば、急激に興味を失ってしまうのだ。

「器用貧乏にならねばよいが……」

父はそのように心配していたが、半兵衛にも唯一の例外があった。それが兵法《へいほう》である。

例えば剣術の完璧《かんぺき》といえば、詰まるところ己が無傷で相手を斬るということ。それで極《きわ》めたといっても過言ではない。

だが兵法の完璧といえば、こちらの兵を一人も死なせずに、敵の軍勢を壊滅させることである。これが果てしなく難しい。たった一人の足軽でさえ死なせてしまえば、それは完璧とはいえないのである。

「兵書が欲しいのです」

幼い半兵衛は父にねだった。初めてのことであったので、父はこれには興味を持ったかと、大喜びで上方《かみがた》から多くの兵書を取り寄せてくれた。半兵衛はそれを来る日も、来る日も貪《むさぼ》り読み、過去の戦《いくさ》を脳裏に描いて身を投じ続けた。

当時の美濃の国主は斎藤家である。隠居《いんきょ》した先代の道三《どうさん》と、その息子で当主である義龍《よしたつ》の間で戦が勃発《ぼっぱつ》した。半兵衛の初陣《ういじん》はこの争乱でのことであった。

父は道三に味方し、兵を率《ひき》いて両者がぶつかる本戦に出た。半兵衛は僅《わず》か百の手勢とともに、大御堂城の留守居《るすい》をした。そこに義龍方の兵、五百余が攻め寄せたのである。

結果は竹中軍の大勝利。いくら籠城戦《ろうじょうせん》とはいえ、五倍以上の敵を撥《は》ねのけるのは容易ではないから、

「若様は名将の器なり！」

などと、家臣たちは半兵衛の用兵を褒《ほ》めちぎって歓喜した。

が、当の半兵衛は不満であった。味方に七人の死人、十八人の怪我人《けがにん》を出してしまっている。これは半兵衛の思う完璧とは程遠く、やや抽象的な言い方をすれば、

――美しくない。

のである。

活躍した竹中家であったが、道三が討ち死にしたことに加え、義龍から味方になるように要請があったことで、その傘下《さんか》に入った。

やがて、父が死んで半兵衛が当主となった。その頃、義龍の跡を継いだ龍興《たつおき》が酒色《しゅしょく》に溺《おぼ》れ、譜代《ふだい》の家臣を軽んじるようになる。そんな時に舅《しゅうと》である安藤守就《もりなり》が、

「稲葉山《いなばやま》城でも落とされれば、殿も目を覚まされるだろう」

と、酔いに任せていったのを聞いた半兵衛は、ぽんと手を叩《たた》き、

「やってみますか」

そう軽く答えたものだから、安藤は婿《むこ》も軽口を叩くのかと苦笑した。

だが半兵衛はしてのけた。竹中、安藤の小勢《こぜい》で稲葉山城を陥落《かんらく》させたのである。

「このまま美濃を獲《と》れるかもしれぬぞ」

当初は諫《いさ》めるためといっていたものの、安藤は欲が出たようで興奮気味に語った。

「はあ」

だが半兵衛は、気のない返事をするのみである。確かに鮮やかな手際《てぎわ》の部類に入ろうが、それでもこちらに二人の死人が出た。

——幾ら少なくとも一緒だ。

半兵衛の頭にはそれしかなかった。稲葉山城にはとっくに興味が失《う》せている。安藤は占拠を続けるというが、別にどうでも良かった。

世の多くの者が持つ「欲」というものが、半兵衛にはごっそりと抜けている。敢《あ》えて言うならば、生きているうちに究極《きゅうきょく》の戦をすることだけが望みである。

二月《ふたつき》ほど占拠したが、斎藤家の逆襲があって稲葉山城は放棄した。

半兵衛は近江《おうみ》に逃れて隠遁《いんとん》生活を送るようになる。兵書を読み、新たな一手を編み出すことだけを求める日々を過ごした。

二

斎藤家は、尾張《おわり》の織田家に敗れて滅んだ。半兵衛のもとに織田家から仕官の誘いが来た。どうも織田家はまだまだ勢力を伸ばすつもりらしい。そこには戦がつきもので、つまり己がより多くの挑戦機会を得るということ。半兵衛は即座に織田家に仕官した。

その中でも出頭人《しゅっとうにん》である羽柴《はしば》秀吉の与力《よりき》になるように命じられた。

「よく来てくれた！　儂《わし》が上様《うえさま》に貴殿《きでん》を付けて欲しいと頼んだのだ」

半兵衛が赴《おもむ》くと、秀吉は諸手《もろて》を上げて歓喜した。はてと首を捻《ひね》る半兵衛に対し、秀吉は近くまで来ると囁《ささや》くように続けた。

「別に領地や金が欲しい訳ではないのだろう？」

そのようなことは口に出していない。だが秀吉は、己の振る舞いからそれを見抜いたらしい。

「いかさま」

「よき戦をしたいか」

それも看破《かんぱ》しているのかと、半兵衛は眼前《がんぜん》の小男を見直した。

「ご明察《めいさつ》。しかし、少しだけ違います」

「ほう。それは？」

「よき戦ではなく、完璧な戦でございます」

「面白い」

秀吉はきゃっと猿のような声を上げて手を打った。

「何故《なにゆえ》、羽柴様は私を？」

「簡単だて。力はあるのに欲はない。これほど値打ちのあるものがあろうか」

手柄《てがら》を立てれば恩賞を与えねばならない。優秀な人材ほどそうである。その理《ことわり》に当てはまらない己は、言い換えれば確かにそうかもしれない。

こうして半兵衛は秀吉の麾下《きか》につき、数々の戦で陣立てをするだけでなく、意見を求められれば身の処し方にも口を出した。それが逐一《ちくいち》当たった。

さらに半兵衛は色白で優男《やさおとこ》であったことから、女子《おなご》のような相貌《そうぼう》だったといわれる漢《かん》の名臣、張良子房《ちょうりょうしぼう》のようだと言われ、次第に秀吉の軍師の如《ごと》き立場へとなっていった。

三

秀吉は後に中国攻略を命じられた。故《ゆえ》にこうして播磨にまで来ているのだ。半兵衛は齢《よわい》三十六を数えるようになっている。

現在、羽柴軍は織田家に反旗《はんき》を翻《ひるがえ》した別所《べっしょ》家が籠《こも》る三木《みき》城を包囲している。半兵衛は偵察《ていさつ》のため、三木城を見下ろす丘に独りで登った。

「間に合わぬか」

半兵衛は呟《つぶや》いた。誰に向けて話しかけたという訳ではない。敢えてそれを求めるならば、穏《おだ》やかに吹く春の風であろうか。

半兵衛は胸の病《やまい》に冒《おか》されていた。激しく咳《せ》き込み、一昨年ほど前からは喀血《かっけつ》するようにもなっている。こうなれば助からぬ不治《ふじ》の病である。

こうして独り歩きするのも、体調が少しばかり良い時だけ。家臣たちにも大層心配されている。

己は間もなく死ぬると思っている。だが未《いま》だ一度とて、己が満足する「完璧」な戦は出来ていない。

「あれは……」

戦場を見渡した半兵衛の脳裏に閃《ひらめ》くものがあった。急いで陣に戻るため駆けたのが悪かったか、咳《せき》が止まらぬようになって、家臣らによって横臥《おうが》させられる。

半兵衛が倒れたと聞きつけ、秀吉自らが駆け付けた。

「半兵衛！」

「心配無用。まだ今少しは死にません」

寝たままでよいという秀吉に対し、半兵衛はゆっくりと身を起こした。

「今少しだと……いつまでも儂のそばで助けてくれ」

「残念ながら、あと二月もすれば死ぬでしょう」

半兵衛が平然と言い放ったものだから、秀吉は苦悶《くもん》の表情を浮かべた。半兵衛は細く息を吐《は》くと、

「丁度《ちょうど》、報《しら》せようと思っていました。三木城から敵が打って出る気配があります」

「解った。すぐに備えさせ――」

「すでに備えている者が」

「何……」

「黒田殿です」

三木城より尾根で続いている尾崎《おざき》という山がある。秀吉の本陣はその尾崎の向かいに布《し》かれ、三木城との距離はかなり近い。

別所家はこれまで幾度となく尾崎を奪取しようとし、羽柴軍と小競《こぜ》り合いを起こしていた。

その尾崎の山陰《やまかげ》に、兵を伏《ふ》せている味方の軍がある。播磨で羽柴軍に加わった、黒田官兵衛《かんべえ》

孝高《よしたか》の部隊である。

——黒田殿は相当に見込みがあります。

半兵衛は、官兵衛の力を評価しており、出逢《であ》ってまもなく秀吉にそう言った。

「何故、報せぬ。まさか敵方《てきがた》に内通《ないつう》し……」

「いえ、一つには報せる時がないのでしょう」

別所軍がこれまで通り尾崎を狙ってきたところを、伏兵《ふくへい》で崩さんと備えている。だがいつ突出してきてもおかしくない状況で、報せに走って察知されれば策は霧散《むさん》する。

「二つには彼《か》の者には、きちんと欲がございます」

半兵衛は付け加えて頬《ほお》を緩《ゆる》めた。

これもかつて秀吉にいったことがある。官兵衛には出世の野心がある。だがそれは決して悪いことではなく、むしろそこを刺激してよく働かせるべきだと進言していた。

上手くいけば単独で別所軍を破れる。故に独断で動いているのだ。

「なるほど」

「しかし、別所に痛手《いたで》を与えるには、やや甘い」

半兵衛が立ち上がろうとするので、秀吉や家臣たちが押しとどめようとする。だが半兵衛は首を鷹揚《おうよう》に横に振った。

「羽柴様……恐らくこれが私の望みを叶える、最後の機となります」

「半兵衛……」

「人の一生は何と短いことか。たった一つのことを極めるのも容易ではありません」

半兵衛は穏やかな口調で続けた。

「私は扱い辛《づら》かったことでしょう」

「ああ、誤算であった」

秀吉は苦笑した。実力を有しながら欲がない。そのような己を指して秀吉は「値打ち」と称した。

だが実際は違う。官兵衛のように欲があるほうが余程御《ぎょ》しやすく、己のような人生に一点のみの主題を掲げた者は、なんとも扱いにくいものだ。

「やらせて下さい」

「ああ、頼む」

秀吉は口を結んで深く頷《うなず》いた。半兵衛はゆっくりとした足取りで自陣を出つつ、秀吉に向けてつらつらと話し始めた。

「三木城から敵が出れば、尾崎の前に陣を布く神子田半左衛門《みこだはんざえもん》には適当に戦わせ、早々にわざと退《ひ》かせるべきです。そうすれば黒田殿の伏兵は、より効を発揮します」

「なるほど。神子田に伝令を」

秀吉の命で、伝令が神子田の陣に向けて急ぎ立った。

「黒田殿の策は必ず成功します。しかしながら、逃げる敵に大打撃を与えるまでには至りません。敵はこの本陣の前を通って逃げるはず。故に本陣も兵を出すのです」

「解った」

「しかし早すぎれば敵は引き返して、血路《けつろ》を求めて黒田軍へ突貫《とっかん》します。また、遅すぎては逃すことになる」

「では……」

半兵衛がふと脇を見れば、小笹《こざさ》が風に揺れている。その枝を切りながら言った。

「馬を」

曳《ひ》かれて来た馬に跨《また》がり、尾崎と本陣の間まで進んだ。

あと一刻（約二時間）、いや半刻（約一時間）もすればここは戦場になる。だが今はまだ鶯《うぐいす》の声が聞こえるほど長閑《のどか》であった。

半兵衛は目を細めて周囲を見渡し、ある地点に小笹の枝を刺して本陣へ戻った。

「見えますでしょうか。敵があの笹の印を越えてきた時、横槍を入れて下さい」

半兵衛が静かに言うと、秀吉は喉《のど》を鳴らした。

一刻後、果たして三木城から別所軍が打って出た。神子田隊は矢戦《やいくさ》を行なったが、やがて打ち合わせ通りに退却を始める。

「黒田殿、来ましたよ」

半兵衛が本陣で囁いた時、追撃した別所軍に黒田の伏兵が襲い掛かった。別所軍は退路を塞《ふさ》がれたことで、本陣の前を通過して逃げる動きを見せる。

別所軍先頭が笹の印を越えたその時。本陣が一斉《いっせい》に別所軍に向けて突撃を開始した。敵は一

た。瞬も支えることが出来ず、あっというまに壊滅して、羽柴軍はその大半を討ち取ることが出来

「半兵衛……やったぞ！」

飛び上がって歓喜する秀吉だが、半兵衛がまだ喜んでいないことに気付いたようである。

「まだです」

「そうだな……今暫《いましば》しだ」

半刻後、伝令が本陣に味方の被害を報告に現れた。

「どうです」

普段は冷静な半兵衛であるが、この時ばかりは前のめりに訊《き》いた。

「神子田隊死者無し。黒田隊死者無し。本陣……」

伝令はそこで一拍おき、吠《ほ》えるが如く続けた。

「死者無し！　御味方の完璧な勝利です!!」

本陣から歓声が上がる中、半兵衛は蒼天《そうてん》を見上げて細く息を吐いた。

――ようやくか。

人とは不思議なものである。たったそれだけと思えることに一生を賭《と》すことが出来る。他人から見れば、それがどれほど下らないと思えることでもである。

ただ己が求めたものは、この戦乱の中でしか探しえなかった。反面、泰平だからこそ求められぬものもあるだろう。いや、そちらのほうが百倍、千倍多いはずだ。

「羽柴様、早く天下を鎮《しず》めて下さい」

喜色《きしょく》を浮かべ、家臣と肩を叩きあう秀吉に向けて言った。秀吉は眉間《みけん》に皺《しわ》を寄せる。

「ふむ……だがそれは上様のお役目だ。儂はそれを支えるのみよ」

「どうでしょうか」

半兵衛は薄い唇《くちびる》を綻《ほころ》ばせたが、秀吉は要領を得ぬようで首をひょいと捻った。

それから間もなく半兵衛の病は悪化し、床《とこ》に伏したきりとなった。そしてその二月後、天《てん》正《しょう》七年(一五七九)六月二十二日、陣中にて息を引き取った。

胸の病は苦しいというが、半兵衛の死に顔は穏やかなもので、まるで眠るようであったという。


此《この》戦孝高の智謀を以《もっ》て伏兵を置給《おきたま》ひし故、勝利を得しなり。又竹中半兵衛彼《かの》山の出崎《でさき》の陰にひかへたる兵を、敵に非《あら》ず孝高の伏勢《ふくぜい》ならんといひ……(『黒田家譜』)

栃木県

宇都宮国綱

春に向けて耐えよ

一

喊声《かんせい》、怒号、悲鳴が間断《かんだん》なく響き渡る。幾条《いくすじ》もの矢が飛翔《ひしょう》し、蒼天《そうてん》がひび割れたような錯《さっ》覚《かく》を受ける。今、多気《たげ》城は大軍の攻撃に晒《さら》され、絶体絶命の危機に陥《おちい》っている。

「耐《た》えよ‼」

大門弥二郎《だいもんやじろう》は朱槍《しゅやり》を振り回して兵たちを督戦《とくせん》した。

「怯《ひる》むな！」

と叫んだが、怯むのも無理はないだろう。味方の弓兵《きゅうへい》が一矢《いっし》を射掛《いか》ける間に、十矢《じっし》が返って来る有様なのだ。弥二郎の頬《ほお》も矢が掠《かす》めていく。抑え込んでいた恐怖がふっと湧《わ》き上がるが、

——諦《あきら》めるな。

と、弥二郎は自らに言い聞かせて再び押し込んだ。

弥二郎は、宇都宮《うつのみや》家の家臣である大門家に生まれた。宇都宮家は、摂関《せっかん》家藤原北家《ほっけ》道兼《みちかね》の流れを汲《く》む名家である。代々下野《しもつけ》国を領しており、その領地は石高《こくだか》にして約十八万石と、堂々としたものであった。

だが第二十二代にして現当主の国綱《くにつな》が幼少で家督を継いだため、それに付け込んで対立していた皆川《みながわ》氏は反攻を強め、これまで従っていた壬生《みぶ》氏が反旗《はんき》を翻《ひるがえ》すなどの事態となった。彼らは何の後ろ盾《だて》もなく背《そむ》いた訳ではない。背後で糸を引いているのは、関東一の大勢力の、

——小田原北条家《おだわらほうじょうけ》。

とみて間違いなかった。

北条家はやがて裏で蠢動《しゅんどう》するだけではなく、遂《つい》には正面から軍を興《おこ》して攻め寄せてくるようになった。これに国綱は、北条家と敵対する常陸《ひたち》の佐竹《さたけ》氏や、下総《しもうさ》の結城《ゆうき》氏、甲斐《かい》の武田《たけだ》氏と結んで対抗したものの、徐々に圧迫されて領地を削《けず》られている。

そうなると潮目《しおめ》を見て、新たに家臣の中から離反する者が出て来る。榎本《えのもと》の近藤出羽守《こんどうでわのかみ》も当初は抵抗していたものの、もう宇都宮家はいかぬと見て北条家の幕下《ばっか》に入った。さらに重臣である芳賀高経《はがたかつね》まで、北条家と誼《よしみ》を通じる動きを見せる始末である。

このように幾度《いくど》となく敵に攻められたことで、平城《ひらじろ》である宇都宮城から、より堅《かた》い山城《やまじろ》の多気城に本拠を移さねばならなくなった。この多気城が陥落《かんらく》すれば、宇都宮家は滅亡。今や風前《ふうぜん》の灯火《ともしび》といえよう。

主君である宇都宮国綱も初めこそ気丈であったが、次第に味方が離れ、北条家に追い詰められていくうちに気弱になってきている。

国綱は齢《よわい》二十二。弥二郎は一つ年上の二十三。弥二郎は元服《げんぷく》するまで、国綱の小姓《こしょう》を務めていた。主君と家臣という間柄なのだが、どういった訳か国綱は己《おのれ》を酷《ひど》く気に入ってくれている。このような戦《いくさ》続きになる前は、

「弥二郎、鷹狩《たかが》りに行こう」

「碁《ご》の相手をしてくれ」

などと、ことある事に誘ってくれた。あまりに目を掛けてくれるため、弥二郎は一度、国綱に訳を尋《たず》ねたことがある。すると国綱は、

「お主《ぬし》だけが叱ってくれた故《ゆえ》な」

と、はにかむような笑みを見せた。まだ互いに十に満たぬ頃の話である。国綱が戯《たわむ》れに梅の蕾《つぼみ》を摘《つ》んだことがあった。それに対して弥二郎は、

「梅は咲き誇る時を待って、冬を必死に耐え忍んでいるのです。それを無暗《むやみ》に摘むなど、君主の為《な》すべきことではありませぬ」

と、諫言《かんげん》したのだ。弥二郎にとって、梅は特別な花であった。六歳の頃、病《やまい》で死んだ母が梅を好んでおり、咲き誇るのを楽しみにしながら、それを見られずに息を引き取ったのだ。その想いも些《いささ》か乗っていただろう。

国綱は驚いたものの、素直に詫《わ》びてくれたことを覚えている。聞けば、国綱は幼い頃から当主になったこともあり、誰も叱ってくれるどころか、阿《おもね》る者ばかりが傍《そば》にいたらしい。その阿っていた連中も、保身と欲のため、宇都宮家をあっさりと見捨てる。国綱にとっては、弥二郎が唯一無二の存在らしく、

――私は弥二郎を友とも思うておる。

とまで言ってくれた。故に弥二郎としては、ただ主家を守りたいという以上の想いを国綱に抱《いだ》いているのだ。

宇都宮家に希望が無い訳ではなかった。

天下をほぼ手中に収めていた織田信長が本能寺で横死《おうし》した後、織田家の宿将《しゆくしよう》の一人であった羽柴《はしば》秀吉がその衣鉢《いはつ》を継いだ。秀吉は朝廷より豊臣の姓を下賜《かし》されて、今は豊臣秀吉と名乗っている。この秀吉、四国、九州の諸大名を平らげ、天下統一に邁進《まいしん》している。

宇都宮家としては、かねてより豊臣家に使者を出し、その幕下に入りたいこと、北条家の侵略を止めて欲しいことを訴えていたのだ。秀吉も宇都宮家の使者に対し、

——必ずや助ける故、暫《しば》し耐えよ。

と、言ってくれている。必ずや秀吉は北条家討伐《とうばつ》に乗り出すだろう。いや、今の宇都宮家にとって、それが一縷《いちる》の望みであり、そう信じるほかなかった。

だが豊臣軍が関東に来《きた》るより早く、宇都宮家が滅亡してしまっては意味がない。北条家に降《くだ》ったとしても、秀吉は不甲斐《ふがい》なしと見て、宇都宮家の存続を許さないだろう。故に、宇都宮家としてはただひたすら、その時を信じて、

——耐える。

しか、道は無いのだ。

今年五月の初め、那須資景《なすすけかげ》、福原資則《ふくはらすけのり》、大関資増《おおぜきすけます》ら一千余騎が多気城に攻め掛かって来た。多気城に籠《こ》もる宇都宮方の兵は僅《わず》か四百余。

しかし、この段になっても宇都宮家を見捨てない者たちの士気は頗《すこぶ》る高く、皆が奮戦して撥《は》

ね返した。弥二郎も馬上で朱槍を振りかざして敵方に突貫《とっかん》し、侍大将の首を三つも挙げた。

――このままゆける。

弥二郎は確信を強めた。

北条家も豊臣家が大きく動くのを警戒し、かつてほど積極的には攻めてこない。近隣の造反《ぞうはん》者《しゃ》にも打撃を与えたし、宇都宮家が今なお壮健《そうけん》であることも示した。これ以上の新手が現れでもしない限り、豊臣家が来るまで耐えられると見た。

だが、その新手が現れた。数日前、日光山《にっこうさん》の寺僧《じそう》、神人《じにん》まで、宇都宮家との累代《るいだい》の縁を断ち切って北条家に味方するということが起こった。事態を聞き及んだ国綱は、二人きりとなった時、

「弥二郎、もう駄目だ……」

と、か細い声を漏《も》らした。

「いや、まだです。必ずや豊臣家が来ます。耐えるのです」

弥二郎は国綱を励まし続け、国綱も顔を青く染めながらも頷《うなず》いた。

こうしてこの戦が始まった。日光山の寺僧、神人までが寝返るのは、他の造反組にとっても意外であったらしい。宇都宮家を滅ぼすのは今しかないと、同心して次々に兵を送ってくる。今、多気城はいつ終わるとも知れぬ猛攻に晒されているのだ。

しかも前回、敵の攻撃を凌《しの》いだ時、宇都宮方には四百の兵がいたが、ある者は討ち死にし、またある者は逃げ去り、今や二百余騎まで数を減らしている。

「鉄砲放て！」

弥二郎が叫び、宇都宮家が持つ僅かな鉄砲が火を噴《ふ》く。ばたばたと倒れる者が出る中、敵方はそれを乗り越えて山肌《やまはだ》を上ってくる。

「次、弓!!」

続けざまに吼《ほ》えると、一斉に矢が放たれる。躰中《からだじゅう》に受けて悶絶《もんぜつ》する者、喉《のど》に突き刺さって身を後ろに飛ばす者、阿鼻叫喚《あびきようかん》に包まれる。浮足立ったその時を弥二郎は見逃さず、

「行くぞ！」

と、槍を馬上で旋回《せんかい》させて鼓舞《こぶ》し、城門を開けさせて敵中に突貫した。錐《きり》を揉《も》むように敵勢を割り、雑兵《ぞうひょう》を次々に突き伏せていく。

十ほどまでは心中で数えたが、以降はもう判《わか》らなくなった。侍も三、四は討ったに違いないが、首を挙げることはおろか、数えることもしなかった。今の宇都宮家にとって、首を獲ることではなく、一日、一刻、一寸の時を稼ぐのが功である。

向こうの陣の深くから法螺貝《ほらがい》が鳴り、敵は退却を始めた。頑強な抵抗に対し、一度退いて態勢を立て直すつもりなのだろう。

が、山間《やまあい》の道から現れた百ほどの新手が、敵陣に加わるのが見える。今も反宇都宮家の軍勢は増え続けているのだ。何か、起死回生の一手を打たねば、いつかは堅城である多気城も陥落してしまう。

翌日も、翌々日も戦いは続いた。宇都宮軍も獅子奮迅《ししふんじん》の戦い振りを見せるが、入れ替わり

立ち代わり攻めて来るのに、少しずつ消耗《しょうもう》していく。

「必ず……豊臣軍は来る。それまで耐えよ！」

弥二郎は味方に向けて叫んだ。何度、この言葉を繰り返したであろうか。それでも聞き飽きたといったような顔をする者は、一人としていない。皆がそれのみを心の支えに戦い続けている。

「弥二郎……やはり……」

戦況を報告しに行った時、国綱は下唇《したくちびる》を嚙《か》みしめて呻《うめ》くように言った。

「まだです」

「何故《なにゆえ》、そこまで……」

弥二郎はこれまでの戦いで、腿《もも》に槍を受けて左足を引きずるようになった。さらに左手の指も太刀で二本飛び、矢が刺さって右目が潰れた。それでも尚《なお》、己が意志を強く持てるのが不思議なのだろう。

その時である。一際《ひときわ》大きな喊声が上がった。敵もじわじわと消耗しており、士気が下がりつつある。そう遠くなく、勝負を決するために総攻撃に出て来るだろうと弥二郎は見ていた。裏を返せば、ここを乗り越えれば敵を退けられるとも。

「必ず春は来ます。梅ですらそれをじっと耐えるのに、人が諦めてどうするのです」

多くの者たちが、春を信じ切れずに宇都宮家を去った。ただ弥二郎は春を信じている。ただそれだけである。

「一つだけ、約束してくれませぬか」

弥二郎は続けた。

「何だ」

覚悟が伝わったか、国綱の顔から狼狽《ろうばい》の色が退いていく。

「最後の時まで、決して諦めぬと。拙者《せつしや》の……いや、今なお、宇都宮という花を咲かせようとする、全ての者の願いです」

弥二郎が凜然《りんぜん》と言い放つと、国綱は口を真一文字に結んで頷いた。

「解《わか》った」

「退けてきます」

弥二郎は微笑《ほほえ》みを残して身を翻した。

世間には宇都宮国綱という男を凡将《ぼんしよう》だと言う者もいる。何より、国綱自身が自らを愚将《ぐしよう》だと思っている。

だが決してそうではない。幼くして家督を継いだ時点で、宇都宮家の斜陽《しやよう》はすでに始まっていたのだ。誰であっても挽回《ばんかい》は難しかっただろう。

それに国綱のため、この劣勢の中、命を賭《と》して戦おうとする家臣がいる。それだけで名君とはいえずとも、少なくとも凡愚の類《たぐい》ではなかろう。それを証明するためにも、弥二郎はゆくつもりである。

鉄砲、矢で敵が浮足立つのを見ると、弥二郎は高らかに咆哮《ほうこう》した。

「今なお、豊臣軍が……春が来ると信じる者は俺に付いて来い!!」

打って出る。付き従うのは五十余騎。ただひたすらに敵陣の奥深くへ、逆落《さかお》としに突き進んでいく。これまでならば、そろそろ引き返さねばならぬ地点を越えた。

宇都宮の五十余騎は数を徐々に減らすものの、誰も足を止めることは無い。反対に忘恩《ぼうおん》の徒《と》どもは、我が命欲しさに逃げ出す者が続出する。

敵の本陣が見えた。だが、弥二郎が見つめているのはその先である。ただ真っすぐ、本陣の向こうにあるはずの春を目指し、ひたすら馬を駆り続けた。

二

大門弥二郎の突撃を切っ掛けに、宇都宮家の残る兵も突出したことで、敵軍は総崩れとなり退却していった。多気城は再び守られたのである。

だが、初めに出た五十余騎のうち、生き残ったものは僅か二人のみ。その中に弥二郎は含まれてはいない。残った者の話に拠《よ》ると、弥二郎は修羅《しゅら》の如く本陣で暴れ回り、馬が槍を受けて振り落とされても、すぐに立ち上がって奮戦した。そして全身に槍を受けながらも、なおも前へと歩を進め、敵の大将の一人を討ち取った。そこで遂に膝から頽《くずお》れたという。

九月には、北条家が多気城を攻めた。しかし、宇都宮家は諦めることなく抗戦して退ける。

その陣頭には国綱の姿があり、

「ただ、ひたすらに耐えよ。必ず春は来る！」

と、連呼していた。

国綱は正々堂々と戦うばかりではなかった。その後、北条家に降り、人質《ひとじち》を出す構えを見せつつ時を稼ぐ。

そして、翌年、遂にその時は来た。豊臣と北条が完全に手切れとなったのである。図らずも、梅の花が咲き誇る季節であった。

豊臣家の大軍はどっと関東へと乱入し、国綱もまた参陣して、石田三成《みつなり》の指揮下に入り、忍《おし》城を始めとする戦いに加わった。そしてその功績を認められ、旧領である下野国十八万石を安《あん》堵《ど》されたのである。この時、国綱は苦難を共にした家臣たちに向け、

「この先、また如何《いか》なる苦難が訪れるかもしれぬ。だがそれでも耐え忍び、決して春を諦めぬようにしよう」

と言うと、次の春を待つかのように、白雲の流れゆく遠くの空を見つめた。

那須與市《よいち》資景福原安藝守《あきのかみ》資則大關左衛門佐《さえもんのすけ》資増一千餘騎《よき》ニテ多氣ノ城ヲ襲ハル……（『関八《かんはつ》州古戦録《しゅうこせんろく》』）

鬼の生涯

茨城県

佐竹義重

一

佐竹義宣《さたけよしのぶ》は至極《しごく》不満であった。昨年、天正《てんしょう》十七年（一五八九）に父義重《よししげ》から家督《かとく》を譲られたのだが、未《いま》だ己《おのれ》には何一つ実権がなかったからである。

後継ぎの己を育てるための体制であろうと当初は考えた。新羅《しんら》三郎から脈々と続く名門佐竹家である。決して血脈を絶やしてはならないため、慎重にならざるを得ないのであろうと。

しかし家督を譲った後の父を見ていると、そのような深い考えがあるようにはどうしても思えなかった。

「家督を譲ったとはいえ、佐竹家のことは全て儂《わし》が決する。委細漏《も》れなく報じよ」

居並ぶ家臣たちを前にして、父は胸を反《そ》り返らせて高らかに言い放った。

家臣も徐々に権力を移行していくと思っていたのだろう。父のこの宣言には些《いささ》か驚いたような様子であった。

まるで己は一切無視せよと言わんばかりの父の態度に、その場での義宣は恥ずかしさ、いや屈辱《くつじょく》を感じて身を小さくして、唇《くちびる》を破れんばかりに嚙《か》み締めたのを覚えている。

――ならば何故《なにゆえ》、家督を譲ったのだ。

家督を譲られた時、義宣はまだ齢《よわい》二十であった。戦国大名では同じように若くして家督を譲られる例もあるが、それでも早いほうである。

家臣たちが己を一顧《いっこ》だにせず、父に阿《おもね》る姿を横目に見て、一つの答えに辿《たど》り着いた。

――父は失態を己に押し付けたいのだ。

と、いうことである。

その時の佐竹家は未曾有《みぞう》の危機に瀕《ひん》していた。奥州《おうしゅう》の伊達《だて》家が着々と勢力を伸ばしてきていたのだ。

佐竹家と伊達家はこれまで幾度となく争ってきた。その原因としては、佐竹家と良好な関係にあった蘆名《あしな》家の存在が大きい。

蘆名家は東から伊達家、西から上杉家に挟《はさ》まれて圧迫を受けていた。

蘆名家が滅んでしまえば佐竹家にも累《るい》が及ぶことになるため、父は南奥州の諸大名を糾合《きゅうごう》し、三万の大軍を興《おこ》して伊達家と決戦に及んだ。伊達家は寡兵《かへい》にもかかわらず奮戦したので手こずったものの、これを撃破した。後に人取橋《ひととりばし》の戦いと呼ばれるようになる合戦である。

蘆名家の跡取りが夭折《ようせつ》すると、共に姻戚《いんせき》関係にあった佐竹と伊達で、養子を送り込もうとして争った。だが前の合戦で勝ったことが大きく響き、義宣の弟に蘆名家の家督を相続させることに成功した。

ここまでは全てが順調であった。しかし、再び伊達政宗《まさむね》が躍動を始めた。瞬《また》く間に近隣の諸勢力を併呑《へいどん》し、昨年には摺上原《すりあげはら》の戦いにおいて蘆名家を打ち破り、そのまま滅亡にまで追い込んだのだ。

このことで佐竹家は南に北条《ほうじょう》家、北に伊達家を相手取らねばならず、形勢は一気に逆転して窮地《きゆうち》に追い込まれることとなった。義宣が家督を相続したのは、その直後のことであった。

このままでは名門佐竹は滅びる。その最後の当主が己であっては後世までの恥辱《ちじよく》と考え、父は己に家督を譲ったのではないかと思うのだ。

その証拠が今の父の振る舞いである。絶体絶命の窮地に立った佐竹家であったが、運に見放されていなかった。織田信長の跡を継いだ豊臣秀吉が、ついに関東の北条家を滅ぼさんと軍を興したのだ。

父はそれに賭《か》けて秀吉と誼《よしみ》を通じており、すぐに兵を出した。今年になって北条家は滅び、佐竹家は功績を認められて常陸《ひたち》一国五十四万石の安堵《あんど》を認められた。

そうなると父は家督を譲ったにもかかわらず、まだ己が当主であるかのように振る舞い始めたという訳だ。義宣が新しい法度《はつと》を作ろうとしようものなら、

「誰がこのようなことを認めた！」

と家臣たちに喚《わめ》き散らし、己に向けても、

「お主《ぬし》は黙っておればよいのだ」

そう顔を怒気《どき》に染めて言い放つ。

――一度握った権を手放すのが恐ろしいのだろう。

「鬼佐竹」との異名《いみよう》を取ったほどの父であるが、歳《とし》には勝てず耄碌《もうろく》したのだと、義宣は内心では冷ややかに見ていた。

二

天下は定まって外敵の不安は無くなったものの、佐竹家にまた新たな問題が噴出した。

戦国大名というものは豪族の連合体である場合が多い。佐竹家でも多分に漏れずそうである。

――南方《なんぽう》三十三館《だて》。

と呼ばれる有力な国人《こくじん》たちがおり、盟主である佐竹家でも遠慮せねばならぬほどの威勢を誇っている。もっとも三十三という数は正確ではなく語呂《ごろ》のようなもので、いかに国人の数が多いかということを示している。

彼らは先の人取橋の戦いにも参加し、

「俺たちのおかげで佐竹家は勝ったのだ」

と言って憚《はばか》らず、己は佐竹家と対等な存在だと思っている。

秀吉から常陸国を安堵され検地を命じられたものの、彼らは領地にも立ち入らせず、年貢《ねんぐ》を安く上げるために少なく見積もって報告してきた。

見過ごせぬことであるのだが、かといって強く出れば、他の豪族たちと手を結んで謀叛《むほん》を起こすことも大いに有り得る。そうなれば失態を咎《とが》められ、佐竹家は滅亡するかもしれない。

事実、秀吉は国人一揆《いっき》が起きてしまった大名家を多く潰《つぶ》していた。

この状況をどう打破するのかと父に訊《き》くと、

「共に戦った仲だ。胸襟《きょうきん》を開いて話せばどうにかなる」

などと悠長《ゆうちょう》な答えが返ってくる始末。

――このままでは駄目《だめ》だ。

義宣は父には内密で、豊臣政権の中枢《ちゅうすう》に接近した。秀吉の側近中の側近である、石田三成《みつなり》の屋敷を訪ねると、今の常陸国や佐竹家の内情を悉《ことごと》くぶちまけて相談したのだ。

「右京太夫《うきょうだゆう》殿、私を信じて全て吐露《とろ》して下さったこと痛み入る」

三成は、狐の如《ごと》く目を細めて会釈《えしゃく》をした。

「では知恵を……」

「心配無用だ。貴殿《きでん》が放っておいても、いずれ方《かた》がつく」

義宣が言いかけるのを、三成は制して断言した。言っていることが父と何も変わらなかったので、義宣は落胆《らくたん》を隠せなかった。三成はこちらの心中を察したように、さらに続ける。

「鬼佐竹と呼ばれるほどの御方だ。御父上を信じなされ」

三成はそう言って頷《うなず》くと、それ以上は何も言わなかった。

三

年が明けて天正十九年（一五九一）、二月九日。父は梅見の宴《えん》と称し、居城《きょじょう》である常陸太田城に南方三十三館の面々を招いた。その後に今後の知行《ちぎょう》割りについても話したいと付け加えたものだから、国人たちは己に不利な裁定になっては敵《かな》わぬと、こぞって宴に参加した。

「父上……真《まこと》に話し合いでことを決するので？」

宴が始まる直前、義宣は静かに尋《たず》ねた。幾《いく》ら考えても、話し合いで決着がつくとは思えなかったからである。

「心配ない。皆、きっと解《わか》ってくれる」

鷹揚《おうよう》な調子で言う父の鬢《びん》には白いものが混じっている。やはり鬼も老いてはただの人に戻ってしまうのかと、義宣はどこかもの哀《がな》しさも覚えた。

宴に参加した国人は、鹿島清秀《かしまきよひで》、島崎義幹《しまざきよしもと》、玉造重幹《たまつくりしげもと》、中居秀幹《なかいひでもと》、烟田通幹《かまたみちもと》、小高治部少輔《おだかじぶのしようゆう》、武田信房《のぶふさ》、手賀高幹《てがたかもと》。ともかくいずれもが城持ちの国人で、その子や兄弟も参加している家もあり相当な数に上った。

「今日は大いに食べ、呑《の》んで、楽しんで下され」

料理は山海《さんかい》の珍味が並び、酒も上方《かみがた》から取り寄せた一級品である。盟主であるにもかかわらず、父は腰低く自ら酒を注《つ》ぎにいくほど歓待している。

――調子に乗りおって。

よからぬ感情を抱《いだ》き始めていたとはいえ、己の父には変わりない。国人たちが尊大に父に接する様を見て、義宣は内心で臍《ほぞ》を噛む思いであった。

宴もたけなわとなった頃。父は申し訳なさそうに上座《かみざ》に戻ると、ゆっくりと話し始めた。いよいよ知行割りが始まるのかと、すっかり酔いが回った国人たちも前のめりになる。

「今の佐竹家があるのも皆々様のおかげ。この場を借りて礼を申し上げます」

そこまで遜《へりくだ》る必要があるのかと、義宣は顔を歪《ゆが》めた。国人たちも謙遜《けんそん》する者は一人としていない。その通りだと言わんばかりに鼻を鳴らす者さえ散見《さんけん》出来る。

「さて……これからは泰平《たいへい》の世となります。鬼などと呼ばれた拙者《せっしゃ》はむしろ邪魔な時代でしょう。すでに家督こそ譲ってはいるが、今後の一切を倅《せがれ》に任せようと存じます」

義宣は吃驚《びっくり》して父を見つめた。父は自らが死ぬまで権を手放すつもりはないと思っていたからである。

国人たちからも感嘆の声があがる。だがこれは祝着《しゅうちゃく》のものではなく、若い己のほうがさらに与《くみ》しやすいという安堵のものであろう。

「しかし一つだけ……やり残したことがありましてな」

「それは？」

国人たちを代表して鹿島が尋ねると、父は天を仰《あお》いで細く息を吐《は》いた。

その横顔を見て義宣は背に冷たいものを感じた。先程までの温厚な顔が、みるみると氷の如く冷ややかに変わっていったからである。父は頭を下げると不敵に笑って言い放った。

「今までご苦労でありました。死んで下され」

「なっ――」

国人たちの声が重なった時、四方八方の襖《ふすま》が倒れ、刀槍《とうそう》を構えた配下がどっとなだれ込んだ。刃が煌《きら》めき、血飛沫《ちしぶき》が舞う。ここは地獄かと見紛《みまが》う阿鼻叫喚《あびきょうかん》が巻き起こる。

「父上！」

「落ち着け」

義宣が腰を浮かせようとするのを制し、父は凄惨《せいさん》な光景から目を逸《そ》らさぬまま、噛むように杯《さかずき》を傾ける。怒号《どごう》と父への怨嗟《えんさ》の声が飛び交う中、父は静かに続けた。

「これをお主がやろうものならば、家臣たちは疑心暗鬼《ぎしんあんき》になる。汚名《おめい》は全て鬼が被《かぶ》るがよい」

父を疑ったこと、侮《あなど》ったこと、怨《うら》んだこと、全てが過《あやま》ちだったと義宣は悟った。父とてこのような所業《しょぎょう》を行ないたいと思っているはずがない。でも誰かがやらねば佐竹家は立ち行かぬ。義宣が家を纏《まと》めやすいように、己が汚名の一切を引き受ける親心だったのだ。

「申し訳ございません……」

「頭を下げている場合か。今、真に家督は譲った。兵は整っておる。攻め落としてこい」

父は手際《てぎわ》のよいことに、すでに兵の参集の手配まで済ませていた。当主を失って混乱している今、国人たちの城は容易《たやす》く落ちるだろう。

「は……」

「鬼はどこまでいっても鬼よ」

そう言って再び杯を傾ける父の姿は哀しげではあるが、どこか晴れやかにも見えた。

こうして義宣は軍を率いて国人たちの諸城を悉く落とした。その後、国人たちを謀殺したのは全て先代の仕業《しわざ》で、息子の義宣は反対していたとの噂《うわさ》が領内を駆け巡った。故に義宣の武勇を褒《ほ》め称《たた》えるものはあっても、貶《けな》すものは誰一人としていなかった。

その九年後、関ケ原の戦いが起こると、義宣は如何《いか》にすべきかと父に相談した。

――我が領地が常陸国という時点で詰みよ。

父はそう苦々《にがにが》しく言った。

西軍に付けば徳川の大軍と真っ先に戦わねばならず、勝ち目は無い。かといって、東軍について西軍が勝てば取り潰し。東軍が勝てども、江戸の近くに領地を持っている佐竹家を危険視するだろう。やがて謀略で領地を奪いに来ると読んだ。

「兵を温存し、やるならやるぞと見せ続ける他あるまい」

父の助言を受け、義宣は旗幟《きし》を鮮明にしなかった。このことで領地の削減と、久保田《くぼた》への転封《てんぽう》こそあったものの、佐竹家は二十万石で存続することになった。

久保田移封《いほう》後も、相次ぐ反佐竹一揆に備えるため、父は義宣とは別に六郷《ろくごう》城に居《きょ》を構えた。一揆勢も鬼の風聞は聞いていたのだろう。やがて抗《あらが》うことの恐ろしさを知り、徐々に沈静化していくことになる。

父が死んだのは慶長《けいちょう》十七年（一六一二）四月十九日。真に家督を譲ってから、二十一年後のことである。その原因が病《やまい》や老衰《ろうすい》でなく狩猟中の落馬であったのが、生涯戦場に身を置き、鬼と呼ばれた男の最期らしい。

天正十九季 辛卯《ねんかのとう》二月九日 於《おいて》 佐竹太田ニ生害《しょうがい》ノ衆、鹿島殿父子、カミ、島崎殿父子、玉造殿父

子、中居殿、釜田殿兄弟、アウカ殿、小高殿父子、手賀殿兄弟、武田殿、已上《いじょう》十六人（『和光院過去帳』）

北海道

風の中のレラ

蠣崎慶広

一

村の者は必死でチニタを探していた。間もなく陽《ひ》も落ちるというのに、川に水を汲《く》みに行くといったきり戻っていないのだ。

――ホロケウに襲われたのではないか。

と心配する者もおり、チニタの兄、ウタリアンなどはそれを聞いて顔を蒼白《そうはく》にさせていた。早くに父母を亡くし、兄妹だけで助け合って生きてきたのだから当然であろう。

皆で探すも一向にチニタは見つからなかった。己《おのれ》は心当たりを話したのだが、村の大人たちは遠すぎるという理由で耳を貸さなかった。故《ゆえ》に、己は弓矢を手に一人で森へと分け入ったのだ。

昨年もチニタは薪《たきぎ》を拾っている内に森で迷った。その時はたまたま狩りに出た村の男とばったり会い、戻って来られたのである。

その際、北の湖の近くに洞穴《ほらあな》を見つけた、もし帰れなかったら、そこで一晩を明かす覚悟を決めていたと語ったのだ。

うろ覚えであるが、聞いた場所に向かうと確かに洞穴があった。しかも入口から恐る恐るといった様子で、外を窺《うかが》うチニタの姿もある。

「チニタ！」

「あっ――」

チニタはこちらに気付いて走り出そうとする。

「出るな！」

瞬間、大声で叫んだ。林に潜《ひそ》む何頭かのホロケウを目の端《はし》に捉《とら》えたのである。ホロケウはチニタを狙っていたらしく、弾《はじ》かれたように一斉《いっせい》に飛び出した。

けたたましい叫び声が森にこだました。瞬時に箙《えびら》から矢を抜いて弓に番《つが》え、襲い来る一匹のホロケウを射抜いたのである。他のホロケウは驚いて散るように逃げていく。

茫然《ぼうぜん》としていたチニタであったが、我に返ると駆け出して己の胸に飛び込んできた。啜《すす》り泣きながら言うには、森でホロケウに遭遇《そうぐう》して必死に逃げた。途中、この洞穴のことを思い出して逃げ込んだということらしい。

チニタが落ち着くと、ホロケウに対して簡単にイオマンテと謂《い》う儀式を行なった。ホロケウはホロケウカムイとも謂う。大きい口の神という意である。儀式をすることで神を天に返さねばならぬのだ。

「誰も来てくれないかと思った……」

帰り際、チニタはか細い声で言った。

「俺は何時《いつ》でも、何処《どこ》にでも助けにゆく」

そう言った時、一陣の夕風が吹き抜けて森をさざめかせた。束《たば》ねた髪が零《こぼ》れて頬《ほお》に張り付くのを、チニタはそっとはらってくれながら囁《ささや》くように言った。

「ありがとう。レラ」

二

恐ろしい冬がやって来たのは、レラが二十五歳のことである。動物たちの中で病《やまい》が蔓延《まんえん》し、ばたばたと死んでいったのだ。そのせいで狩猟も捗《はかど》らず、村の食い物が少なくなり、死ぬ幼子《おさなご》まで出始めた。

「このままでは死を待つだけだ。俺は妹と共に村を出る」

ウタリアンはレラに向けて言った。何でも倭人《わじん》が陸奥《むつ》と呼ぶ国で、兵を集めている者がいるとのこと。

倭人は己たちを夷人《いじん》などと呼んで蔑《さげす》む。だが今回はその夷人でも構わない、食い物の他に大金も与えると言って徴兵《ちょうへい》しているらしいのだ。それを聞きつけて、隣の集落でもすでに二、三人が旅立ったという。

「駄目《だめ》だ。倭人に与《くみ》しても碌《ろく》なことはない」

「ではどうするというのだ。鹿が全く狩れていないのだ」

「ユクと言え」

倭人に馴染《なじ》もうと練習しているのか、ウタリアンが倭語で言ったので窘《たしな》めた。ユクを鹿、ホロケウを狼といったように、倭人と己たちでは使う言葉も異なる。

「弓の神の遣《つか》いとさえ言われるお前でも、今年に入ってまだ一頭だ……飢え死にしてしまう」

レラは幼い頃から弓の扱いが飛び抜けて上手い。村の古老《ころう》に言わせれば、これほどの達人は千年に一人ではないかという。それでも、獲物がいなければ狩ることも出来ない。

「冬を越えれば疫病《えきびょう》も収まるかもしれない」

「収まらぬかもしれぬだろう。俺は妹を守らねばならない」

「チニタは何と……？」

「付いて来るそうだ」

チニタとしてはたった一人の兄なのだ。離れるのは無理なのだろう。

「そうか……」

今年の春、村長が倒れたことで、皆に推《お》されてレラがその座についた。その時、チニタに求婚する決意をしていた。だがこのような事態となり、なかなか伝えられずにいたのである。

ウタリアンとチニタが村を出て行ったのは、その十日後のことである。村の者たちに少しでも糧《かて》をと、レラはその日も狩りに出ていた。

小高い山の上から、小さく肩を寄せ合いつつ歩く二人を見た。チニタは時折足を止め、何度か村のほうを振り返っていた。

一月《ひとつき》ほどすると、倭人の商人からウタリアンの雇い主の名を聞いた。「クノヘ」と謂う男で、元は「ナンブ」という領主の元にいたのだが、反乱を起こしたというのだ。

どちらが勝ちそうなのかと訊《き》くと、商人は一切の迷いなくナンブと答えた。どうも倭人に

「トヨトミ」という大領主がおり、国の全てを統《す》べつつある。そのトヨトミがナンブの支援をしているとのことで、五万を超える大軍を興《おこ》したという。クノヘには万が一にも勝ち目はない。

レラが驚いたのは別にある。

「鏖《みなごろし》……だと」

トヨトミは今回の反乱を重く見ており、かつ激怒しているとのことで、クノヘに味方した者は、女子どもといえども一人も生かさぬと公言しているらしい。

「知人がいる。救う術《すべ》はないか」

レラは倭語で商人に詰め寄った。

「まず戦場に近づくことも難しいかと……ただ蠣崎《かきざき》も九戸《くのへ》討伐《とうばつ》に駆《か》り出されることになり、兵を募《つの》っています。その中にいれば近づくまでは出来ますが」

カキザキは倭人でありながら、己たちの土地に住まっていることで、これまでも何度も対立している。だが今回は疫病のことでカキザキも真に困っているようで、クノへの如《ごと》く大金を出して兵を募っていた。

商人が首を捻《ひね》りつつ答えた時、レラの心はすでに決まっていた。

レラはその日、母に己の想いを伝えた。

「イソンノアシ……あなたは若くとも村長《むらおさ》なのです」

母は神妙な顔つきで言った。イソンノアシ、それが己の本名である。「狩りの名人」といった意で、己はその名の通りになった。

レラはいわば渾名《あだな》である。己の別の特技を見てチニタがそう呼び始めたのが切っ掛けで、いつの間にか皆の間に広がった。

「村長だからこそ救わねばなりません」

どちらにせよ、疫病が収まるまで狩りは無理である。今ある食糧で何とかしのぎつつ、他の方法で糧を得る必要もある。

「信じて待ってよいのですね」

「必ず二人を連れて帰ります」

翌日、レラは村を出てカキザキの元へと向かった。レラは兵として採《と》られることとなり、生まれて初めて海を渡ったのである。

三

想像を遥《はる》かに超える戦《いくさ》の規模に、レラは慄《おのの》いた。五万の大軍が城に一斉に攻め掛かる。だがクノへも寡兵《かへい》ながら奮戦しており、方々から悲鳴と怒声《どせい》が噴出している。

レラがそれ以上に吃驚《びっくり》したのは、鉄砲の音である。己たちは使わない。カキザキが使うことでその存在は知っていたが、これほど大量に使われているのを見るのは初めてで、天を覆《おお》うほどの轟音《ごうおん》に顔を顰《しか》めた。

――これは駄目だ。

戦が始まってすぐにレラは痛感した。故郷では威張《いば》り散らしている連中であるが、クノへの兵には歯が立たないでいる。特に城門脇の土塁《どるい》から放たれる、十数挺《ちょう》の鉄砲に手を焼いており、今では城に近づくことすらしないのだ。

カキザキの軍には、己以外にも同朋《どうほう》がいた。名をチャイケと謂う。レラの村とはかなり離れたところに住んでおり面識はなかったが、

「お前がレラか！」

と、名を知っていたから驚いた。己の狩りの腕前は、遠くの村々にまで噂《うわさ》で伝わっているらしい。

「何か良い方法はないものか」

レラが相談を持ち掛けると、チャイケは唸《うな》りつつ答えた。

「カキザキは手柄を焦《あせ》っているらしいのだがな……」

倭人の王ともいうべきトヨトミは、まだカキザキのことを正式には認めていないらしい。そのため、この一戦で存在感を示したいと思っているという。

「直《じか》にゆくか」

「お前まさか……」

レラが呟《つぶや》くと、チャイケは声を詰まらせた。

「ああ、カキザキに会いに行く」

翌日、レラは堂々とカキザキの陣へと赴《おもむ》いた。当然兵たちに遮《さえぎ》られたが、

――大手柄を立てる方法がある。

と、言い放つと状況が変わった。話を聞きつけたカキザキが、会いたいと言い出したのだ。

「お主《ぬし》がレラか」

カキザキは目を細めてまじまじと見つめた。腫《は》れぼったい一重瞼《ひとえまぶた》、薄い唇《くちびる》、よくいる倭人の相貌《そうぼう》である。故郷の地を奪わんとするこの男と、己たちは幾度となく戦ってきた。今は小康《しょうこう》状態を得ているが、またいつ何時戦うことになるか判《わか》らない。

「ああ」

短く答えた瞬間、不遜《ふそん》だと周囲の者が怒号《どごう》を上げる。しかしレラは顔色を変えない。あくまで銭で雇われただけで、己の主人でもなんでもない。この男と己たちは対等であると思っている。

カキザキはすっと手を上げて周囲を宥《なだ》めた。

「大手柄を立てさせるとな。如何《いか》にする」

「俺が鉄砲兵を崩す。そうすれば敵は城門を開き、打って出て来るだろう」

「馬鹿な。一人でそのようなことが……」

「命を賭《と》してやってのける」

凛然《りんぜん》と言い放つと、カキザキは細く息を吐《は》いて尋ねた。

「お主に何の得がある」

「人を助ける」

レラはこれまでのことを逐一《ちくいち》語った。全てを聞き終えた後、カキザキは低く唸り声を上げた。

「それだけのために、ここまで来たか」

「我らは誓いをけして違《たが》えぬ」

「だからお主らは手強《てごわ》いのだ……」

カキザキは溜息《ためいき》を零しつつ続けた。

「俺はな、殿下《でんか》に恩賞を賜《たまわ》っても断るつもりよ。土地も官位もいらぬ。お主らを支配することを認めてもらうつもりだ」

「好きにしろ。誰が認めようと同じこと。我らがそれを認めぬ」

「やはり相容《あいい》れぬか」

「ああ。だが今は手を結びたい」

「一時の手打ちか……面白い。やってみよ」

カキザキは不敵に微笑《ほほえ》んだ。

四

その翌日、同朋のチャイケから、レラは驚愕《きょうがく》の事実を聞かされた。

――間に合わなかったか……。

チャイケは数日前の戦で、クノヘ軍にいた同朋が討ち死にするのを見たという。奮戦していたが、複数の倭人に囲まれて切り刻まれた。

異国で屍《しかばね》を晒《さら》すのは無念であろう。神のもとに返す儀式をしてやろうと、必死で身に着けていた鉢巻きを取って戻ったらしい。血にべっとりと濡れた鉢巻きの柄《がら》に、見覚えがあった。ウタリアンのものである。

「もう帰るのか」

チャイケはウタリアンの鉢巻きを手渡しながら訊いた。

「いや……まだだ」

レラは静かに答え、血の浸《し》み込んだままの鉢巻きを腕に巻きつけた。

二日後、再び攻撃が始まった。カキザキ軍は城門にじわじわと攻め寄るが、やはり鉄砲に邪魔されて近づけない。激しい銃声が聞こえる中、本陣でカキザキは、傍《かたわ》らの己に向けて静かに語り掛けた。

「新規召し抱えの足軽の家族は、二の丸の端に纏《まと》めて住まわされているようだ。救い出したならば如何にする」

「故郷に。そのまま」

「よかろう」

「世話になった」

レラが礼を述べると、カキザキは意外といったように眉《まゆ》を開いた。

「最後に聞かせてくれ。お主の本名は『狩りの名人』だと言ったな。では渾名のレラは如何なる意味なのだ」

「それは……」

これから入る死地を見つめた後、ゆっくりと天を見上げた。空の蒼《あお》さは故郷と何ら変わることなく、緩《ゆる》やかに雲が流れていく。レラは零れて靡《なび》く髪を撫《な》でつけながら、悠然《ゆうぜん》と答えた。

「風という意だ」

「次は相まみえようぞ。アイヌの勇士よ」

カキザキの別れの言葉に弾かれるように、レラは駆けだした。ホロケウにも勝《まさ》るとも劣らぬ俊足《しゅんそく》。それが弓矢以外のもう一つの特技である。

戦いは最小限に、レラは阿鼻叫喚《あびきょうかん》の中を縫《ぬ》うように走る。敵があっと気付いた時には、すでに十歩先を進んでいる。

「こいつめ！」

身を捻《ひね》って繰り出された槍を躱《かわ》し、相手の肩を踏んで飛び越える。宙を舞いながら、土塁の上からこちらを狙い定めている鉄砲兵を見た。着地するより早く箙から矢を抜き、大地を踏むと同時に放った。飛翔した矢は眉間《みけん》を貫き、鉄砲兵がどっと沈む。

また刃が向かってくる。首を振って避《よ》けると、矢を抜いて敵の腿《もも》に突き刺した。

「この程度で――」

言いかけた男が、途中で言葉を途切らせて悶絶《もんぜつ》しはじめた。己たちの矢には猛毒が塗布《とふ》されているのだ。

——カムイよ。力を。

レラは心で念じると、三本の矢を同時に番えて放った。美しい三叉《さんさ》を描き、三人の鉄砲兵がほぼ同時に斃《たお》れ込む。

「あいつをどうにかしろ!」

鉄砲が火を噴くが、動揺しているため狙いが甘い。レラは横っ飛びに転がり、身を起こした瞬間にまた一人射止める。

これは直に仕留《しと》めねばならないと思ったのだろう。城門が開き、騎馬兵を先頭に敵が打って出て来た。

カキザキの陣から激しく太鼓《たいこ》が打ち鳴らされる。今こそ総攻撃の機という意味である。

両軍がぶつかり、血で血を洗うような激戦が繰り広げられる。混沌《こんとん》の中を旋風《つむじ》の如く駆け抜けながら、レラはまた瞬《またた》くより早く矢を番えた。

五

この日も正面に猛攻を受け、クノへ軍も頃合いを見て門を開いて打って出た。激戦が繰り広げられる中、何故《なにゆえ》ここに自分はいるのか、チニタは解《わか》らなくなっていた。戦で兄が死んだの

だ。兄は死の前日、

――レラの言った通りだったかもしれないな。

と、静かに漏らしていた。生き抜くために仕方なかった。兄は己を守ろうとしてくれたのだ。だがその決断は、結果的に間違っていたことになる。

他人の戦のために兄は死に、己も帰ることが許されていない。

今日の喚声《かんせい》は一際《ひときわ》大きく、この二の丸に敵兵が入ったことが判る。これまでも二の丸に敵兵は踏み込んだ。が、クノへもどうせ鏖になるならばと懸命に抗《あらが》い、何度も城外へと押し返している。今日もまた撃退するかもしれない。だがそれが何になる。今日が明日に、三日後に延びたところで、己はこの異国の地で死ぬことは決まっている。

見渡せば他の足軽の家族たちは肩を寄せ合って震《ふる》えている。だが己にはそのような者もおらず、また言葉もあまり通じず独りである。

ふと幼い頃、洞穴で怯《おび》えていた記憶が蘇《よみがえ》った。だがあの時と違い、今度は誰も来てくれないと解っている。

「え……」

喚声と銃声の間に、ふと己を呼ぶ声が聞こえたような気がした。だが、ここで己の名を知る者はもう誰もいないのだから有り得ない。思い出に耽《ふけ》っていたから幻聴《げんちょう》がしたのだ。

そう己に言い聞かせた時、再び声が聞こえた。今度は間違いない。

チニタは外に飛び出して何度も周囲を確かめたが、思い描いた人の姿は無い。ただ増派されていく一隊が遠くを奔《はし》っているのが見えるのみである。

「チニタ」

「えっ――」

チニタは勢いよく身を翻《ひるがえ》した。屋根の上に屈《かが》んでいる男。陽を背おっているせいで、相貌もはっきりとは見えない。だがチニタには、影だけでそれが誰かすぐに判った。

「何で……」

嗚咽《おえつ》が込み上げて躰《からだ》を震わせた。

「帰ろう」

影は優しく声を落とした。赤茶けた髪を靡かせているその様は、まるで吹き抜ける風と一つになっているかのように神々《こうごう》しく、チニタは下唇を噛《か》み締めて力強く頷《うなず》いた。


松前志摩守《まつまえしまのかみ》（蠣崎慶広《かきざきよしひろ》）ハ毒ノ矢ヲ射サセントテ夷人少々召連《めしつ》レ来ル……（『三河後風土記《みかわごふどき》』）

宮城県　伊達政宗

頂戴致す

一

慶長《けいちょう》元年（一五九六）の秋、伊達政宗《だてまさむね》は京に滞在していた。豊臣秀吉は天下統一の後、突如として唐入《からい》りを表明した。故《ゆえ》に有力な諸大名は軍を率いて大陸に渡っている。

前回の文禄《ぶんろく》の役では政宗も前線基地である名護屋《なごや》城に赴《おもむ》き、朝鮮にも渡海した。とはいえ、唐入りは西国大名が中心となっており、政宗が率いてよいとされた兵は僅《わず》か三千騎のみ。朝鮮では遊軍としてさしたる活躍も出来ず、名護屋での後方支援が主であった。

一度は停戦となったものの、戦いは再開された。だが政宗は朝鮮に渡るどころか、名護屋にまで行くことも命じられず、この京に留め置かれたのだ。

京に滞在を命じられたのは、別に政宗だけではない。だが彼らは、京の警備に当たるように命じられている。しかし、秀吉は政宗だけには、待てども暮らせども一向に役目を命じてこないのである。こちらから奉行衆《ぶぎょうしゅう》を通じて伺《うかが》いを立てたものの、

――暫《しば》し待たれよ。

との冷たい返事があるのみ。こうなれば胡乱《うろん》である。政宗は自室で一人、下唇《したくちびる》を噛《か》みしめた。

「まずいな……」

豊臣政権は己《おのれ》のことを目障《めざわ》りだと思っている。これは今に始まったことではない。

二

そもそも政宗には、奥州《おうしゅう》を悉《ことごと》く平らげ、天下に覇《は》を唱《とな》えるという夢があった。だが生まれるのが遅すぎた。天正《てんしょう》十七年（一五八九）、ようやく会津《あいづ》の蘆名《あしな》家を滅ぼし、奥羽《おうう》随一《ずいいち》の大名となった時には、秀吉は天下の大半を掌中《しょうちゅう》に収めていた。あと、秀吉に抗《こう》するのは、己のほか、関東の北条家のみ。

——間に合わなかったか。

政宗は天を仰いで細く息を吐《は》いた。秀吉からは再三、北条家討伐に参戦しろとの命が出ている。こうなれば一刻も早く馳《は》せ参じるしかない。政宗が小田原《おだわら》の陣に向けて出立《しゅったつ》しようとしたが、母が己を毒殺し、弟を擁立《ようりつ》しようとする事件が起こった。命には別条はなかったものの、回復を待つために参陣が遅れた。

ただでさえ切羽《せっぱ》詰まった状況なのに、この遅れはかなり痛い。政宗は小田原に向けて慌《あわ》てて出立した。このままだと切腹を命じられ、伊達家は取り潰される公算が高い。どうせ見込みが薄いのならばと、政宗はここで賭《か》けに出た。

白亜《はくあ》の死に装束《しょうぞく》に身を固め、秀吉の前に参上したのである。万死《ばんし》に値する遅参《ちさん》、すでに死ぬ覚悟は出来ているという意味である。これには流石《さすが》の秀吉も一瞬、度肝《どぎも》を抜かれた様子であったが、政宗の首を杖《つえ》でぽんぽんと叩き、

「もう少し遅ければ、ここが飛んでおった」

と苦笑して、許してくれた。

賭けには違いないが、政宗としては上手くいく見込みもあると考えていた。理由の一つとして、秀吉はそれなりの歳になっており、天下統一を急いでいること。政宗が切腹になれば、陸奥《むつ》に残った伊達家の遺臣たちは頑強《がんきょう》に抵抗し、それを平らげるまでに相当の時を要すこと。あと一つは、漏《も》れ伝わる秀吉の気風からして、このような芝居気《しばいぎ》のあることが、

――好き。

であろうと予測されたのである。政宗の賭けは見事に当たったことになる。だがこれに浅野長政《ながまさ》、石田三成《みつなり》といった秀吉の奉行衆は苦々しい顔をしていたのを覚えている。

政宗の危機はこの一度だけではない。

この少し後、伊達領の北、葛西大崎《かさいおおさき》の国人衆《こくじん》が蜂起《ほうき》し、秀吉が配した諸大名が追い出されるという事態になった。これに政宗が関与していることを疑われたのである。

「潔白《けっぱく》を訴えましょう！」

家臣たちは憤慨《ふんがい》した。が、政宗は股肱《ここう》の臣である片倉小十郎《かたくらこじゅうろう》と二人きりになった時、眉間《みけん》を摘《つ》まんで零《こぼ》した。

「露見《ろけん》した……」

「やはり。殿《との》が煽《あお》ったのですな」

小十郎は深淵《しんえん》に届きそうな溜息《ためいき》を零して続けた。

「天下を諦《あきら》めきれませなんだか」

「一揆《いっき》程度で天下が覆《くつがえ》らぬことは解《わか》っている。ただこの機会に、秀吉に減らされた領地を少しでも取り戻せればよいと思っただけだ」

実際、政宗が煽らずとも国人衆は爆発寸前だった。これをちょいと突ついてやり、政宗は秀吉の命を受けて鎮圧《ちんあつ》に出る。その後、陸奥は難しい地であるから、陸奥の者に任す——。と、いった流れになると読んでいたのである。だが、計画は大失敗となった訳である。

「恐らく書状だろうな」

「如何《いか》にするので」

「本物の書状には花押《かおう》の鶺鴒《せきれい》に針で穴を開けている。これで通す」

「開けていますか？」

「いや、最近始めたということにな」

「弱いでしょう。何か他に手を講じねば」

「またやるか」

奉行たちには蛇蝎《だかつ》の如《ごと》く憎まれているが、秀吉は己のことを好ましく思っているのを感じている。再びここを突くほかあるまい。

こうして政宗は弁明のために上洛《じょうらく》した。その時の政宗の一行を見て、京雀《きょうすずめ》たちは絶句、その後に喝采《かっさい》を浴びせた。政宗は金を鍍金《めっき》した十字の磔柱《はりつけばしら》を持参したのである。小田原の時の二《に》番煎《ばんせん》じであるため、さらに大層な演出をと考えたのだ。

「お主《ぬし》は阿呆《あほう》じゃのう」

案の定《じょう》、秀吉は一見して爆笑した。

「いわれなき罪で死すならば、せめてこれをお使い頂きたいと持参した所存《しょぞん》」

「よいよい。京見物をして帰れ」

これで秀吉は許したことになる。奉行衆はまた睨《にら》みつけていた。順序立てて公事方《くじかた》を行なうこの者らにとって、秀吉から直に許しの言葉を引き出す己が憎くて仕様がないのだ。

三

そして此度《こたび》が三回目。どうも身に危険が迫っている気がする。だが此度は真《まこと》に身に覚えがない。恐らくは奉行衆が秀吉に伊達家を取り潰すように諫言《かんげん》、いや讒言《ざんげん》したのだろう。二度許した秀吉だが、あまりに言われるので、その気になりつつあるといったところか。

また秀吉の機嫌を取らねばならない。要は秀吉に、

——仕様がない奴。

と、呆れさせればよいのだ。何ともおかしな話だが、これによって今まで伊達家を守って来たのは事実である。

「もう同じ手は使えんな」

政宗は独り言を漏らした。流石に同じ演出は出来ない。しかも今回は何か嫌疑《けんぎ》が掛けられて

いる訳ではないのだ。これが中々に難しい。政宗は思案を重ねつつ、機会が訪れるのを待った。

十月に入って暫《しばら》くした頃、秀吉から、

――明日にでも伏見《ふしみ》城を見に来い。

との誘いがあった。現在、秀吉は伏見の木幡《こはた》山に城を造っている。将来、世継ぎに大坂城を譲り、自身はこちらに入るつもりらしい。

政宗はすでに大坂、伏見を行き来するための船を献上している。船の長さは三十五間《けん》、朱《しゅ》で塗った立派な御座船《ござぶね》である。この礼もしたいので、伏見城を見学に来いというのだ。

――明日だな。

政宗の勘が働いた。奉行衆から言い含められ、秀吉は難癖《なんくせ》をつけてくる。つまり政宗が手を打つのも明日しかない。

翌日、政宗は覚悟を決めて登城した。他にも幾人かの大名衆が呼ばれていた。秀吉は、大名たちを近くに呼び寄せて何かをしているところであった。

「おお、来たか」

秀吉は軽快に呼んだ。が、その目の奥が笑っていない。政宗は己の直感は間違っていなかったと確信した。

「お招き頂き恐悦《きょうえつ》至極《しごく》にございます」

「今、皆で刀を見ようとしていたところじゃ。お主もこっちに来い」

秀吉は頬《ほお》を緩《ゆる》めながら手招きをした。朱糸の柄《つか》に銀拵《ぎんごしらえ》の刀。相当な逸品であることはそれだけでも解る。

「これこそが総見院《そうけんいん》様が惚《ほ》れ込み、お集めになった備前長船光忠《びぜんおさふねみつただ》二十五腰《こし》のうちの一振りよ」

秀吉が言うと、大名たちは嘆息《たんそく》を漏らした。総見院とは、秀吉の亡き主君、織田信長のことである。秀吉がすらりと刀を抜くと感嘆は大きくなる。見事な蛙子丁子《かわずこちょうじ》の刃紋《はもん》が浮かんでいる。居並ぶ大名たちの中で、己に向けて秀吉は重ねて言った。

「手に持ってみるか？」

「は……」

秀吉は一度鞘《さや》に納め、政宗はそれを押し頂いて受け取った。

――どのような罠《わな》がある。

めまぐるしく政宗の頭が動く。刀を取り落として咎《とが》める。いや、流石に天下人たる秀吉がそのくらいで伊達家を潰しては、狭量《きょうりょう》と嘲《あざけ》りを受けるだろう。

「どうじゃ。美しいであろう。欲しいか？」

秀吉の声が一段低くなった。これだ。この返答に罠がある。恐らくは要《い》らぬといえば総見院を侮《あなど》ったとして咎められ、欲しいといえば出過ぎた真似《まね》と咎められる。この場にこれ以上いてはまずい。だが何か返答せぬまま退室する訳にはいかぬ。秀吉ならば何に喜ぶか、秀吉ならば何に呆れるか、政宗は大真面目に考えて閃《ひらめ》くものがあった。

「頂戴仕《ちょうだいつかまつ》ります！　あり難き幸せ！」

政宗はさっと身を翻《ひるがえ》し、袴《はかま》の裾《すそ》をたくしあげながら脱兎《だっと》の如く逃げ出した。

「お、おい！」

秀吉の声が背に届くが、そんなことは関係ない。

「小姓《こしょう》衆、盗まれたぞ。追うのじゃ！」

立て続けに秀吉が叫んだ。その声に怒りは含まれていないのを政宗は確信する。

小姓衆の五、六人が追い掛ける。政宗は振り返ることなく全力で駆《か》ける。とはいえ、城の外に飛び出す訳ではない。城内のあちらに向けてどたどた、こちらに向けてばたばたと、さながら童《わらわ》の追いかけっこのようである。

諸大名たちが唖然《あぜん》とする中、秀吉だけがきゃっと高い声を上げ、挙句《あげく》の果てには手を叩き、腹を抱えて爆笑していた。

「政宗、それほど欲しいか！」

何度目かに近くを通った時、秀吉が呼び掛けた。

「欲しゅうございます！」

「小姓衆、もうよい。それほど欲しいならばくれてやる」

「真でござるか！」

政宗は全身で喜びを表現し、秀吉の前に膝《ひざ》から滑《すべ》り込んで頭を下げた。

「ありがとうございます」

「お前はな……憎みきれぬ奴じゃ。それもまた才であろう」

秀吉は先ほどの光景を思い出したか、くすくすと笑って政宗の肩を叩いた。

以後、伊達家を取り潰そうとする動きはぱったりと途絶えた。

やがて秀吉は他界し、唐入りは打ち切られ、後に奉行の石田三成を中心とした勢力と、大老の徳川家康とで関ケ原の戦いが起こった。結果は徳川家の勝利。政宗なりに豊臣家存続の意見を暗に伝えたりもしたが、それは届くことはなく、二度に亘《わた》る大坂の陣で豊臣家は滅んだ。

幾星霜《いくせいそう》の時が流れ、政宗も五十路《いそじ》に入った元和《げんな》五年（一六一九）の頃である。政宗は一人の若者と親しくしていた。名を徳川頼房《よりふさ》と謂《い》う。徳川家康の晩年、十一番目の子である。当年で齢《よわい》十七。よくいえば豪儀《ごうぎ》、悪くいえば素行が良くないことで知られている。

この頼房、何故《なぜ》か己に酷《ひど》く懐《なつ》いている。政宗もまた好ましく思っており、ことあるごとに家に招いたりしている。頼房が、何処《どこ》か昔の己に重なって見えることもある。

「今日も何かおかしな話をして下され」

などと、頼房はからからと笑う。幾《いく》ら主君の子とはいえ、なかなかの物言いであるが、政宗はそのような頼房が可愛くて仕方なかった。

「そうですな。燭台切《しょくだいきり》光忠を見ますか？」

と、政宗は一振りの刀を持って来させた。あの秀吉から頂戴した刀である。政宗の手に渡ってから、唐金《からかね》の燭台の後ろに隠れた不届き者を燭台ごと斬り伏せたので、そのように名付けたのである。

「これは……」

頼房は刀に魅入《みい》られたようにまじまじと見た。

「欲しいのですか？」

「はい。しかし……大樹《たいじゅ》公が激怒なさるでしょう」

大樹とは将軍のこと。これまでも勝手に大名から物を受け取ったりしたことがあり、頼房の兄である二代将軍から激しい叱責《しっせき》を受けたことがあるらしい。次にこのようなことをすれば、ただではおかぬと釘も刺されているという。

頼房は残念そうに、それでも名残《なごり》惜しそうに刀を返そうとした。政宗はふっと頬を緩め、

「政宗からせしめたというのはどうです？　ならば『贈られたこと』にはなりますまい」

「それは」

眉間に皺を寄せる頼房に、政宗はそっと耳打ちをした。

それから暫し後、江戸の伊達家屋敷が俄《にわ》かに騒がしくなった。複数の跫音《あしおと》が鳴り響き、

「水戸《みと》殿を追え！」

と、政宗の声。

「頂戴致す！」

と、頼房の声。両者ともに声の中に弾みがある。家臣たちにも言い含め、恰好《かっこう》だけは追わせているが、捕まえる気は毛頭ない。

「裏門が開いたままだぞ。そちらに気をつけよ！」

政宗は頼房に逃げ道を示した。

「ありがとうございまする！」

頼房がそう答えたものだから、政宗は思わず苦笑してしまった。

頼房はそのまま伊達屋敷を飛び出していった。その時、歓喜のあまり飛び跳ねていたと家臣から聞いて噴き出した。

秀吉もこのような気持ちだったのかもしれない。そのようなことを考えながら、政宗はあの日の伏見城に響き渡る笑い声を耳朶《じだ》に蘇《よみがえ》らせていた。


此節太閤《このせつたいこう》大坂より往来の御船を政宗献上す甚御意に叶《かな》ひ大悦《たいえつ》し給《たま》ひ光忠の刀を下さる此刀黄金作りにて一《ひ》と際《きわ》目立……　（『明良洪範《めいりょうこうはん》』）

松斎の空鉄砲

岩手県

北信愛

一

奥羽《おうう》の春は遅い。卯月《うづき》になってようやく桜の咲き始める年もある。例年に比べて慶長《けいちょう》五年（一六〇〇）の今年はどうかというと、早くもなく遅くもないといったところ。弥生《やよい》の末になって蕾《つぼみ》が綻《ほころ》び始めた。そこからはあっという間に花が開き、卯月も半ばに近づいた今ではすっかり花を散らし、早くも新芽が息吹《いぶ》き始めている。

北松斎《きたしょうさい》は縁に座りながら庭の桜木を眺め、花吹雪《はなふぶき》を楽しんでいた。茫《ぼう》と見ていると急に眠気が襲ってきて、大欠伸《おおあくび》が出る。

「眠い」

目尻に浮かぶ涙を指で拭《ふ》きながら、松斎は独り言《ご》ちた。昔は日中に眠くなることなど皆無《かいむ》であったが、己《おのれ》も今年で齢《よわい》七十八になるのだから仕方がないだろう。

松斎は大永《だいえい》三年（一五二三）の生まれである。その頃、畿内は管領《かんれい》細川高国《たかくに》が支配しており、応仁の乱の余塵《よじん》もまだくすぶっていたような頃であるため、戦国の大半の時代を駆け抜けてきたことになる。

元の名は信愛《のぶちか》と謂《い》い、中年になった頃に仏門に入って松斎と号した。もはや松斎の名で過ごした時のほうが長く、今ではこちらのほうがしっくり来る。

松斎が家督《かとく》を執《と》る北家は、陸奥《むつ》における源氏の名門南部《なんぶ》家に従っている。天正《てんしょう》十年（一五八二）に南部家で跡取りを巡った内紛が起こった時、松斎は今の当主である利直《としなお》の父、信直《のぶなお》を支持した。当初は劣勢だったものの、松斎は一貫して味方したので、信直から絶大な信頼を得た。信直は我が子の利直に対しても、

——困ったことがあれば、松斎を頼るのだ。

と繰り返し言い聞かせていたらしく、有難いことに利直からの信頼も至極篤《しごくあつ》いのである。

先頃も、松斎は何度目かの隠居願いを申し出たが、

「お主《ぬし》でなくてはならぬのだ」

と、利直に縋《すが》るように頼まれ、あまりの熱量に仕方なく願いを取り下げた。故《ゆえ》に、七十八歳にもなって己が家督を執《と》っているのだ。

「御屋形《おやかた》様が急ぎ会いたいと」

ゆったりと過ごしている時を邪魔することが憚《はばか》られたのだろう。家臣の一人が近づいて来て、気まずそうに言った。

「上杉のことだな」

一昨年、天下人である豊臣秀吉が世を去った。暫《しばら》くすると二派に分かれて争うようになる。一派は関八州《かんはっしゅう》を治め、豊臣政権の五大老《ごたいろう》筆頭でもある徳川家康。今一人は五奉行の一角を担《にな》う石田三成《みつなり》である。石高《こくだか》だけでいえば三成は家康に及ぶべくもないが、他の五大老である毛利《もうり》、宇喜多《うきた》、上杉を味方に引き込んでいる節《ふし》がある。そのことで両者の力は拮抗《きっこう》しているのだ。

先に大きく動いたのは家康のほうであった。領国の会津《あいづ》に引き上げた上杉を、謀叛《むほん》の心あり

と糾弾《きゅうだん》したのである。近く征伐軍を編制するとの噂《うわさ》も、遠くこの陸奥花巻《はなまき》の地まで届いている。その時に、上方《かみがた》で三成が蜂起《ほうき》するのではないかと考えられている。南部家はどちらの陣営に付くべきか。それを相談したいのだろう。

「一択《いったく》よ」

松斎は残り僅《わず》かとなった桜の花を見つめながら零《こぼ》すと、痛む腰に手を添えながら立ち上がった。

二

松斎は利直の許《もと》に行くと、間髪《かんはつ》入れずに、

「内府《だいふ》に従うのが最良でしょう」

と、はっきりと言った。内府とは徳川家康のことである。三成が豊臣家を守ろうとしており、家康が天下を簒奪《さんだつ》しようとしているであろうことは解《わか》る。だがそれが何だというのだ。南部家は特別に豊臣家に恩がある訳でもないし、より勝つ見込みが高いほうに付くべきであろう。

それに東北の情勢は圧倒的に家康側、東軍に傾くだろうと見ている。天下の趨勢《すうせい》が定まる前に、四方八方から敵の攻撃を受けて南部家が滅ぶことも考えられた。加えてもう一つ訳がある。

「津軽《つがる》と同じ側に付くべきです」

北奥羽の津軽家は、南部家から独立を果たした大名である。その過程で双方に多くの血が流れ、宿敵《しゆくてき》の間柄といってもよい。当主の津軽為信《ためのぶ》は家康と誼《よしみ》を通じていると、松斎は間者《かんじゃ》を使って情報を得ている。南部家が三成側の西軍に味方すれば、東北で東軍が有利なのを利用し、津軽家は真っ先に南部家の領土を侵略するであろう。

「解った。松斎が言うならば間違いない」

利直は嬉々《きき》として頷《うなず》いたので、松斎は苦笑した。いつまでも己が生きている訳ではないのだから、利直にはもう少し確《しか》として欲しいとも思う。しかし人というものは、いざ頼りとする者がいなくなって、初めて真《しん》に成長する。己が生きている内は、老軀《ろうく》に鞭《むち》打って補佐すればよいと思い定めている。

家康は大軍を率いて上杉討伐《とうばつ》に乗り出した。その途上、上方で石田三成が五大老毛利輝元《てるもと》、宇喜多秀家《ひでいえ》を担《かつ》いで軍を興《おこ》した。東西で挟《はさ》み撃ちにする構えである。家康はすぐさま上杉の押さえとして二男の結城秀康《ゆうきひでやす》を残し、上方へと軍を引き返した。そして東北の諸大名に対し、

――上杉家の牽制《けんせい》を頼む。

と、書状で申し送ったのである。

上杉家としては家康の追撃を後回しにし、まずは背後の敵を討たんと出羽《でわ》の最上《もがみ》家の領地を侵《おか》した。上杉の国力は最上の五倍である。単独では抗《あらが》えぬということで、最上は周囲の大名に援軍を求めた。南部家もここで功を立てねばならず、最上を援《たす》けに赴くこととなった。

「国元を頼む」

流石《さすが》に七十八歳の老将に無理はさせられぬと思ったか、利直は松斎に留守居《るすい》を任せて出陣した。南部領の周囲はほとんどが東軍。西軍に与《くみ》した者もいるが小領主といってよく、領内に攻め込まれることは危惧《きぐ》していない。故に利直は国元に兵を残さず、大半の主力を率いて出陣した。

「さて……やるか」

利直を見送った後、松斎は静かに呟《つぶや》いた。確かに近隣《きんりん》大名に攻め込まれることはない。だが別の形で戦《いくさ》が起こることを松斎は見抜いていた。利直の敵は上杉家の大軍である。兵を残す余裕は無い。戦が起こったその時には、

——儂《わし》の命を捨ててでも国を守る。

そう心に決めていたのである。

三

果たして松斎の予想通り、戦は起こった。陸奥国和賀《わが》郡の旧領主で、和賀忠親《ただちか》と謂う男がいる。和賀は豊臣家に反抗したことで領地を失しており、此度《こたび》の動乱で旧領を奪い返そうと、一揆《いっき》を起こしたのである。松斎は一揆勢の動向を探りつつ、花巻城での籠城《ろうじょう》を決めた。二、三日耐えれば、僅かでも残った留守居の兵が結集し、敵の背後を衝《つ》くことが出来る。それまでの時

を稼がねばならない。

「領民を城へ」

老若男女問わずに城へ入れるように命じた。一揆勢の乱暴狼藉《ろうぜき》を避けさせるという意味もあるが、ほとんどが出羽に出兵しているため武士は僅か十数名しかおらず、民《たみ》に共に戦って貰《もら》おうと考えたのである。

松斎は日頃より民を大切にしている。飢饉《ききん》が起これば、蔵を開いて米を配るなどは当然のこと。己の鷹《たか》が百姓の犬に嚙《か》み殺された時も、捕らえられてきた百姓に対し、

——これが鷹の運命だったのだ。

と言って、すぐに解き放つように命じたこともある。

「松斎様のためならば」

と、領民たちはこぞって城に入った。

四

「えらくよい身形《みなり》をしている。鉄砲もどっさりとあるぞ。やはり伊達《だて》の小倅《こせがれ》が一枚嚙んでおるわ」

松斎は城内から眺めながら苦く頰《ほお》を緩《ゆる》めた。領内の旧国人《こくじん》たちと、伊達家の間で頻繁《ひんぱん》に文《ふみ》の往来があることを摑《つか》んでいた。

南部領の南に領地を持つ伊達政宗《まさむね》は、一時期は東北を席捲《せっけん》する勢いであった。だがこれも、豊臣家の威勢の前に降《くだ》らざるを得なかった。しかし政宗は未《いま》だ領地拡大を諦《あきら》めておらず、一揆を扇動《せんどう》して南部領を削り取った上で、

――南部殿をお助け申す。

などと軍勢を繰《く》り出して一揆勢を打破し、領地を掠《かす》め取りたいのだ。

「ただの一揆とは思えぬ備えです……とても退《しりぞ》けられそうにありませぬ」

家臣の一人が眼下の軍勢を見ながら顔を青くした。

一揆勢も国人が率いているだけで、民が大半の軍勢である。だが伊達家が裏から武器弾薬を回している。一方こちらは武器もそれほどなく、弾薬も数日戦うだけで尽きそうなほど。敵が殺到しては焦《あせ》ってまともに狙いもつけられず、無駄《むだ》撃ちすることも考えられた。

「当てる必要は無い。空砲《くうほう》を撃ち続けよ」

「えっ……それでは敵は難なく城内に雪崩《なだ》れ込みます」

「これは民と民の戦。武士どうしのものとは全く別物よ」

松斎は落ち着き払って甲冑《かっちゅう》に身を固めると、女中たちを集めて、

「火薬は籠《こ》められるか」

と、尋ねた。女のほうが手先の器用な者が多い。やり方さえ教えれば、すぐにやってのける。さらに桶《おけ》と雑巾《ぞうきん》を用意させると、松斎は乾いた頬を緩めて、眼下《がんか》に目掛けて銃を構えた。

「さあ、始めようか」

引き金を引くと同時に、鉄砲が火を噴いた。しかし弾《たま》は込めていないため、敵に当たることは当然無い。

「次」

次の鉄砲を受け取りすぐさま撃つ。またもや空砲なので、何かが起こる訳では無い。

「銃身《じゅうしん》が熱くなる。時折、濡らした雑巾で冷やしてくれ」

そう穏《おだ》やかに声を掛けながら、松斎は間を擱《お》かずに空砲を放ち続けた。

「これは……」

空砲だけを放てと命じたので、己がおかしくなったかと集まって来た家臣たちが、皆あんぐりと口を開いて敵勢を見つめた。一弾も放っていないのに敵勢に動揺の色が見え、退却を始めたのである。

「多勢に対し無勢《ぶぜい》で防ぐには、味方をまず大勢に見せかけること」

こうして間髪入れずに撃ち続けることで、たとえ二挺《ちょう》の鉄砲でも十にも二十にも思わせられる。

「加えて敵を撃たぬことよ」

一揆勢の大半は民である。一人でも殺そうものならば、人が変わったように激昂《げきこう》して突っ込んでくる。そうなれば、こちらは敢《あ》え無く落城する。

反対に空砲ならば誰かの死を見て興奮することもなく、己だけは死にたくないという恐怖の気持ちが勝《まさ》り、やがてそれは全体に伝播《でんぱ》してゆく。この退却はそれが原因である。

「皆で続けよ」

全てを説明した後、松斎は目を細めて不敵に笑った。

「はっ！」

少ない鉄砲を濡れ雑巾で熱をとりながら、皆で間断《かんだん》なく放ち続けた。敵は城近くに仕寄《しよ》ることが出来ず、その間に各地の南部の兵は結集して背後を窺《うかが》った。一揆勢は挟み撃ちされることを避け、南へ後退する。花巻城は一発の銃弾を放つこともなく、敵を退けたのである。

一揆を退けて二日後のこと。民がやってきて、巨大な太鼓《たいこ》を献上した。

「また一揆勢が来たならば、この太鼓を乱れ打ちにしてください。及ばずながら馳《は》せ参じます」

「そなたらの志《こころざし》、嬉《うれ》しく思う」

松斎が微笑《ほほえ》み掛けると、民たちは嬉しそうに顔を見合わせていた。

それからさらに数日後、己の親族にあたる高橋伝助《でんすけ》という男が城に戻った。各地の兵への連絡役に、外に出していたのである。この伝助は太鼓のことを知らず、酔った勢いで乱れ打ちにしてしまったから大変である。

「伝助め……また酔っ払いおって。しかし太鼓のことを知らなかったのだから仕方あるまいな」

松斎は額に手を当てて溜息《ためいき》をついた。

「民に間違いであったと伝えましょう！」

家臣たちは慌《あわ》てて松斎に迫った。

「いや、一計がある」

松斎はこめかみを指で叩《たた》きながら言うと、家臣たちに命じて大量の酒を買い集めさせた。暫くすると、太鼓の音を聞きつけた数百人の民が城下に集まってきた。松斎は皆の前に進み出ると、大音声《だいおんじょう》で話しかけた。

「本日、御屋形様が大殊勲《だいしゅくん》を上げ、加増《かぞう》の沙汰《さた》があるとの風説が入った。まだ真偽は判《わか》らぬが、まずはそなたたちと祝いたいと思って、太鼓を打ったという訳だ」

松斎の言葉に、衆はどっと沸き上がった。買い集めた酒がみなに遍《あまね》く振る舞われ、領国を挙げた大宴会といった様相になる。あちらこちらから絶え間なく笑い声が上がる中、家臣が耳元で囁《ささや》いてきた。

「これで良かったのでしょうか」

「いいのよ。間違いなどと言えば、これから太鼓を打とうとも人が集まらぬ」

「酒代も馬鹿になりませぬが……」

「細かいことを言うでない」

松斎は、大盛り上がりの民たちを見渡しながら続けた。

「銭などはまた幾らでも取り返せる。だが人の信《しん》はなかなか取り返せぬものよ」

南部家は一族の争いの絶えぬ家であった。その中で何度も主《あるじ》を転じた者は次第に消えていった。だが己は一度この人を支えると決めたら、生涯それを違《たが》えることはなかった。たとえ過《あやま》ちを犯しても見捨てることなく、正面から諫言《かんげん》してきたのである。それが、この歳まで己を生き永らえさせたのだと思っている。

「ここまで来たら、最後まで貫くわ」

松斎はふっと息を漏らし、民から注《つ》がれた盃《さかずき》を仰《あお》いだ。

北松斎が世を去ったのは慶長十八年（一六一三）のことであった。享年《きょうねん》九十一。晩年は目を患《わずら》い、ほとんど物が見えていなかったという。それを周囲に告白したのは九十に近くなった頃。関ケ原の戦いの頃にはすでに目を悪くしていたのではないか。松斎ならば、あながち有り得ない話ではないと皆が口にした。

松斎は患った後も、たった一つの物を見据《みす》えるように、力強く目を見開いていたからである。

熊谷藤四郎トイフ者、松斎ノホトリニ馳来《はせきた》リテ（中略）、何トテ、カラ（空）鉄炮《てっぽう》ヲハ討《うた》（撃）セ給《たま》フソ、敵ヲハ一人ナリトモ討タルコソ味方ノツヨミニ候《そう》ラヘト申《もうし》ケレハ、松斎聞《きき》テ御辺《ごへん》ハ物馴《ものな》レヌイ（言）ヒヤウカナ……（『奥羽永慶軍記』）

石川県

前田利常

猿千代の鼻毛

一

猿千代《さるちよ》は齢《よわい》七つ。与えられた一室の立派な欄間《らんま》を、飽きることもなく見つめていた。

他の兄弟と違って母の身分が低かったため、猿千代の扱いは決して良いものではなかった。兄弟や一族からはただ猿、猿とぞんざいに呼ばれるのみ。今後は猿千代と名乗れと言われたのも、つい先日のことである。その際、この地に向かうことと、その理由を告げられた。幼い己《おのれ》の頭では判《わか》らぬことも多かったが、ようするに、

——人質《ひとじち》として向かえ。

ということらしい。世の大名が二つの勢力に分かれて戦うことになった。己の兄は大軍を擁《よう》していたにもかかわらず、寡兵《かへい》を率いるこの家と戦って敗れた。

が、美濃《みの》国関ケ原で行なわれた大合戦では兄の属する勢力が勝ち、この家は趨勢《すうせい》に抗《あらが》えずに和議を申し入れた。その交渉が滞《とどこお》りなく行なわれるように、己が人質としてこの家に入ることになった次第らしい。仮に和議が決裂《けつれつ》しても、

——己ならば死んでもよい。

と、考えているのだろうと薄々感じている。

これまで、猿千代が暮らしていたのは、貧相な屋敷であった。人質ともなれば厩《うまや》にでも放り込まれるのではないかと覚悟していたが、予想に反して豪華な部屋が与えられたので驚いたも

のである。

ここに来てからというもの、何不自由なく暮らすことが出来た。実家よりも余程良い暮らしである。

人質の身に今の状況など教える必要はないだろうが、この家の者は己を安心させようとしてくれているのか、逐一《ちくいち》教えてくれた。どうも和議の交渉も上手く進んでいるとのことだ。

「猿千代殿」

襖《ふすま》が開いた。そこに立っていた男は優しい笑みを浮かべていた。

この人こそ、この家の当主である。名を丹羽長重《にわながしげ》と謂《い》う。齢は三十。己の父と、長重の父とは、もとは織田信長に仕える同輩であった。いや、長重の父は織田家の宿老《しゅくろう》で身分はかなり高かったと聞いている。

「侍従様《じじゅう》」

猿千代も頬《ほお》が緩《ゆる》んだ。長重の相貌《そうぼう》は柔和《にゅうわ》なれども凛々《りり》しい。初めて見た時、口には出来ないが、

——兄上たちよりもずっと恰好《かっこう》良い。

と、猿千代は思ったものである。ここに来てから、長重は偉ぶることなく、ことあるごとに自ら訪ねて来て、何か不便はないかと聞いてくれていた。

「猿千代殿、大人のことに巻き込んでしまい申し訳なかった。いよいよ明日には帰してやれる」

「そうですか……」

猿千代の言葉の僅《わず》かな沈みを察し、長重は訝《いぶか》しそうに首を捻《ひね》った。

「嬉《うれ》しくないのか？」

「いえ……」

「梨《なし》は好きか？」

長重は腰を下ろすと唐突《とうとつ》に尋ねた。

「梨……ですか？　食べたことはありません」

「よし。丁度《ちょうど》、手に入ったから共に食おう」

長重はそう言うと、家臣に命じて梨を持たせた。暫《しばら》くすると家臣が盆に乗せた梨と包丁を持参する。家臣が皮を剝《む》こうとする。だが長重はそれを制して下がらせると、何と自ら包丁を手に梨を剝き始めたので驚いた。

「侍従様自ら……」

「よいよい。何かあるならば聞こう。決して口外せぬ」

あまりに優しい口調に、猿千代は心が揺れ、ぽつぽつと今の己の境遇《きょうぐう》を吐露《とろ》した。長重は梨を剝きつつ、一々相槌《あいづち》を打つ。

「なるほどのう。辛《つら》かったな」

「私の母の身分が低い上……このような顔ですので」

猿千代は己の相貌が醜《みにく》いことを恥じていた。肌が浅黒く、毛深く、まさしく子猿を彷彿《ほうふつ》とさせる顔をしているのだ。

「俺は愛嬌《あいきょう》のある顔だと思うぞ。ほれ食え」

長重は梨を一片渡す。猿千代はゆっくりと口に運んで齧《かじ》った。

「甘い……」

瑞々《みずみず》しい甘みが口内に広がり、思わず口元が綻《ほころ》んだ。

「ではこれはどうじゃ？」

長重は微笑みながら、新たな梨を手に取った。先ほどの梨よりも形が歪《いびつ》で、猿千代には味が落ちていそうに思えた。長重は器用に皮を剝き、また一片の実を渡してくれた。

「あっ……同じくらい、いえさっきより美味《おい》しゅうございます」

「ふふ。見てくれなど関係ない。肝心《かんじん》なのは中身よ。周りには何とでも言わせておけばよい。そうして低く見て油断させておけば、より大事《だいじ》が成せるというものだ」

長重はさらに柔らかに言葉を継ぐ。

「それに先刻《せんこく》も申した通り、俺は猿千代殿の顔を可愛《かわい》らしいと思うぞ」

猿千代の頰を一筋の涙が伝った。ずっと鬱屈《うっくつ》していたものが晴れるような心地である。それと同時に、この人が実兄だったならばどれほど良かったか。そして間もなく来る別れへの寂《せき》寥《りょう》が込み上げた。

「和議の後、侍従様は……」

「ああ、改易《かいえき》だ」

長重はそう言うと、ひょいと梨を口に放り入れた。

「そんな」

「だが諦《あきら》めてはおらぬぞ。必ず大名として復帰する。その時はまた会おうな」

長重は手を伸ばしたが梨の汁で汚れていることに気付いたのだろう。逆の手で猿千代の頭をごしごしと撫《な》でた。その姿は何処《どこ》か滑稽《こっけい》で、慈愛《じあい》に溢《あふ》れ、そして猿千代には堪《たま》らなく恰好良く見えた。

二

前田利常《としつね》は前田利家《としいえ》の四男として生まれた。家督《かとく》を継いだのは長男の利長《としなが》である。次男は関ケ原の戦いで西軍に付いたため、京で蟄居《ちっきょ》に近い隠棲《いんせい》。三男は仏門に入っている。本来ならば四男で、しかも母の身分が低い己が家督を継ぐことなどない。だが利長に男子がいなかったため、その養子となって十二歳の時に加賀《かが》前田家を継ぐことになった。

それから二十二年の歳月が流れ、当年で三十四歳。体力、気力共に最も充実し、日夜政務に励んでいる。治水を行ない、新たに田畑を切り開き、それだけでなく最近では、工芸の奨励《しょうれい》にも力を入れて成果が出始めていた。

「困ったものだ」

利常は傍《かたわ》らに置いた毛抜きを見ながら零《こぼ》した。

家臣たちは大名としての己の手腕を認めてくれている。だが、どうも気に食わぬことがない訳でもないらしい。

一月《ひとつき》ほど前、重臣の本多政重《ほんだまさしげ》が江戸に出た時の土産《みやげ》として豪華な鏡を献上した。さらには己の近習《きんじゅう》たちにも簡素な鏡を渡し、

「殿に侍《はべ》るのだから、身形《みなり》にも気を遣《つか》うように」

と、あからさまに強調した。近習が夜詰めの時など、本多から貰《もら》った鏡を見て、鼻毛を抜いているのを何度か見ている。

さらに昨日、躰《からだ》を壊して湯治《とうじ》に行かせてやった茶坊主が戻って来た。感謝を述べる茶坊主に、何故《なぜ》か家臣の横山左衛門佐《さえもんのすけ》が付いて来ている。別に横山が実際の手配をした訳でもないのだ。横山が微《かす》かに顎《あご》をしゃくると、茶坊主は何処か心苦しそうに土産を出した。それこそがこの毛抜きなのである。つまり家臣たちは暗に、

――鼻毛を抜いて下され。

と、言ってきているのだ。

実際、利常は鼻毛が出ている。いや、出ているといった程度ではない。もともと毛深いことに加え、もう何年も手入れをしていないため、まるで口髭《くちひげ》の如《ごと》くなっている。家臣たちは気付いていないと思っているようだが、利常は当然ながら分かっている。分かっていてなお、敢《あ》えてそのままにしているのだ。

それから十日後のこと。明日、将軍家に拝謁《はいえつ》することが決まっており、諸事の最終の確認を

する評定《ひょうじょう》のことであった。

「これ、横山」

本多が唐突に叱《しか》り飛ばした。

「は……何でしょうか」

「鼻毛が伸びておる。明日はお主《ぬし》も供をするのだろう。そのような顔で登城するつもりか」

「も、申し訳ございませぬ。本日、必ず、必ずや、鼻毛を抜いて参ります。必ず」

――困ったものじゃ。

二人とも演技が下手で棒読みで、とても見ていられるものではない。ましてや、ここまで来ればあからさますぎである。利常は苦笑しそうになるのを、ぐっと耐えて知らぬ振りをした。

翌日、将軍家に拝謁した。当然、鼻毛は伸ばしたままである。全てが滞りなく終わったが、将軍からは、

「中納言《ちゅうなごん》、その鼻毛はどうにかならぬか」

と、からからと笑われてしまった。

「今、お教え頂いて気付きました。元来《がんらい》毛深く……申し訳ございませぬ」

別に鼻毛を伸ばしてはならぬという掟《おきて》はない。ただあまりに惚《ほう》けた顔に見えるようで、老中《ろうじゅう》を始めとする他の者たちも笑いを堪《こら》えるのに必死といった様子であった。

城から帰る途中、入れ替わりに登城してくる大名がいた。齢は五十を超えているが、ぴんと背筋が伸びて十は若やいで見える。

「お久しぶりでございます」

利常は深々と礼をした。

「貴殿《きでん》のほうが大名としての格も、官位も遥《はる》かに上。そのような姿を見せぬほうがよろしい」

「いえ、私にとっては特別な御方です」

利常が首を横に振ると、男は顔を近づけて来て囁《ささや》くように言った。

「その鼻毛、油断させるためだろう？」

「流石《さすが》でございます」

利常は小声で応じた。加賀前田家の石高《こくだか》は百二十万石と、外様《とざま》大名の中でも群を抜いている。幕府としてはこれを警戒し、何かきっかけさえあれば、改易に処したいというのが本音だろう。阿呆《あほう》と思わせるに越したことはない。そのために敢えて鼻毛を伸ばした間抜《まぬ》け面《づら》をしているのだ。

「三か国を守る鼻毛ということだな」

男は可笑《おか》しそうに言った。

「侍従様が教えて下さったことです。あの時の約束を見事果たされましたな」

利常は口元を緩めた。眼前のこの男。人質に出された七歳の己に、梨を剝いてくれた丹羽長重である。

丹羽家は関ケ原で西軍についたことで加賀小松《こまつ》十二万石を改易となった。だが長重のことを惜しむ者が多く、三年後の慶長《けいちょう》八年（一六〇三）には常陸《ひたち》国古渡《ふっと》に一万石を与えられて大名に復帰した。

さらに大坂の陣で功を立て、元和《げんな》五年（一六一九）に常陸国江戸崎《えどさき》二万石、元和八年（一六二二）に陸奥《むつ》国棚倉《たなぐら》五万石と出世を続け、この度、ついに陸奥白河《しらかわ》十万七百石を得たと聞いている。

このように関ケ原で徳川に弓を引き、十万石の大名にまで挽回《ばんかい》したのは、西国無双《むそう》と名高い立花宗茂《たちばなむねしげ》のほか、この丹羽長重のみである。

「俺も散々、無様《ぶざま》だの何だの言われた。だが、そのようなものを気にして何になる。己の中身は己が最も知っておる」

「はい。しかし家臣たちが……」

最近のことを告げると、長重は噴き出した。

「ふふ。確かに心配するのも無理はない。身近な者には話してやってもよいのではないか？　それに今のお主ならば、鼻毛などなくとも国を守れるだろうよ」

「そう致します」

「では、俺も礼を述べに行く。またな猿千代」

長重は渋い笑みを残すと、江戸城へ向かって歩を進めた。家臣たちも己と長重の交流は熟知しており、去る長重に向けて深く頭を下げる。

長重が言った通り、確かに大名の格も、石高も、官位も全てが己のほうが上である。だが己は、生涯上などと思うことはない。あの人は己の原点であり、最大の恩人であり、最も憧れる

「恰好良い人」なのだ。

長重にああ言って貰えたからか、ふいに利常は鼻毛を抜いてみた。一本抜くつもりが、指には数本。少しばかり痛くて滲《にじ》んだ涙で視野が曇《くも》る中、利常は小さくなった長重の背をずっと見送っていた。

利常鼻毛の延過《のび》て見苦しけれども是《これ》を申出す者なし本多安房守《あわのかみ》が鏡を土産にして近習の士に申付……（『明良洪範《めいりょうこうはん》』）

長野県

真田の夢

真田信幸

一

甲斐国新府《かいしんぷ》は周りをぐるりと山に囲まれた盆地である。天から見下ろしたならば、まるで大きな擂鉢《すりばち》の如《ごと》く見えるはず。

今、その中に満ちているものが何か。それをたった一語で表せば、

――悲愴《ひそう》というものではないか。

と、真田源三郎信幸《さなだげんざぶろうのぶゆき》は思った。

百姓、商人、武士、身分に拘《かか》わらず誰もが沈痛な面持《おもも》ちである。中には荷車に家財を積んで逃げ出そうとする者もいる。それを武田《たけだ》家の武士は脅《おど》してでも止めようとする。

先刻、そのような武士とちょっとした騒動となった。商人一家の身重《みおも》の女を、あまりに乱暴に止めようとするので、

「止《や》めろ！」

と、弟の源次郎信繁《げんじろうのぶしげ》が割って入ったのである。

結果、こちらの身分が知れたことで、武士たちは怯《ひる》んだし、その間に商人一家も人込みに紛《まぎ》れて逃《のが》れることが出来た。この光景を見ただけでも信幸は、

――もう武田家は立ち行かぬ。

と、痛感した。先代、信玄《しんげん》が存命の時では考えられなかったことである。

その信玄が京への上洛の半《なか》ば、病《やまい》に倒れて帰らぬ人となったのは早九年前のこと。後を継いだのはその四男、勝頼《かつより》である。

勝頼は決して凡庸《ぼんよう》ではない。飛ぶ鳥を落とす勢いの織田信長を相手取り、版図《はんと》をさらに広げることに成功したほどであった。

しかし、たった一度の敗戦により、大きく潮目《しおめ》が変わった。世間が長篠《ながしの》合戦、設楽原《したらがはら》の合戦などと呼称するようになっている一戦である。

その一度の敗戦があまりにも大きすぎた。信玄の頃から仕えた重臣、数多《あまた》の精強の兵を失ってしまった。

真田家でも信幸の二人の伯父《おじ》たちが討ち死にし、三男で武藤《むとう》と名乗っていた父昌幸《まさゆき》が真田姓に復し、家督《かとく》を引き受けたのもこの時のことである。

信長にじりじりと押されている最中、木曽谷《きそだに》の領主、木曽義昌《よしまさ》が突如《とつじょ》として織田家に寝返った。勝頼はこれを誅《ちゅう》すべく軍勢を向けたが、ここでも敗北を喫《きっ》して新府へ戻った。

これを契機に織田家は大軍を興《おこ》し、武田家を討ち滅ぼすべく甲斐に向けて進軍を始めた。今では織田軍は南信濃《しなの》まで蹂躙《じゅうりん》して迫っている。武田家はまさに、滅亡の危機に瀕《ひん》しているのである。

昌幸と信幸が新府に入ったのは本日、三月一日の未明のことであった。昌幸は緊急の軍議を提案して容《い》れられた。

その軍議が行なわれている最中、信幸は新府に人質《ひとじち》として置かれていた信繁と合流し、町の様子を見ている際に、先ほどのひと悶着《もんちゃく》があったという訳だ。

「父上はまだですかね」

信繁が新府城の方を見つめながら呟《つぶや》いた。

「やはり長引いているのだろう」

信幸は静かに応じた。

今日、軍議に臨《のぞ》むために新府に来た時、どんよりと町全体が沈む中、昌幸ただ一人だけが揚々《ようよう》として、

「源三郎、やるぞ」

と、力の籠《こ》もった声で言っていた。

「は……」

昌幸が何を考えているのか朧《おぼろ》げに解《わか》った。昌幸としては、

――何をなさるのですか？

などと、てっきり訊《き》かれると思っていたらしい。自身の胸の内を見抜かれているようで、気に食わなかったのだろう。昌幸はあからさまに不機嫌になった。

「天下を相手取るのだ」

昌幸は大仰《おおぎょう》に言うが、あながち間違いではない。織田信長は間もなく天下を統《す》べる勢い。「天下」そのものが迫っているといっても過言《かごん》ではない。

そうして昌幸が軍議に向かってからすでに一刻（約二時間）が経《た》とうとしているが、一向に

帰って来る気配が無い。

そうこうしているうちに、昌幸に付いて登城《とじょう》した家臣の一人が戻って来て、

「お許しを得たので、後学《こうがく》のためにお二人も末席に加わるようにとの仰《おお》せです」

と、伝えて来た。

まず驚いたのは、一刻経っても、まだ軍議が始まってすらいなかったことだ。大方、約束の時に現れない家臣を待っていたとか、そのような話であろう。その者はすでに自領に籠《こ》もって静観しているか、織田家に奔《はし》ったかのどちらかに違いない。その判断も付かないのは、武田家が混乱に陥っている証左《しょうさ》ともいえる。

「よし！」

「解った」

信繁は勢いよく応じたが、信幸は内心では呆《あき》れていた。

滅ぶことはもはや決定的である。己《おのれ》らの命もあと僅《わず》か、後学も何もあったものではない。だが、昌幸はやはりやる気らしい。

二

新府城に入り、軍議が始まった。信幸、信繁の両兄弟も最末席に控える。

――これは、もう駄目だ。

信幸は改めてそう思った。

居並ぶ重臣たちの目は、腐魚《ふぎょ》の如く虚《うつ》ろである。何より、陣代《じんだい》として武田家を束《たば》ねる勝頼の目に生気がない。そんな中、勝頼の帰還を喜ぶ儀礼的な挨拶《あいさつ》の後、昌幸だけは深い眼窩《がんか》の奥を爛々《らんらん》と輝かせて口火を切った。

「さて……面白くなってきましたな」

「無礼者！」

昌幸が言った傍《そば》から鋭い怒号《どごう》が飛んだ。

重臣の一人で、郡内《ぐんない》に領地を持つ小山田信茂《おやまだのぶしげ》である。これは明らかに昌幸が悪い。この武田存亡の時に、面白くなってきたとは口が過ぎるだろう。

「小山田殿のような忠義の御方がおられれば、まだまだ武田も安泰《あんたい》じゃ。試す真似《まね》をした拙者《せっしゃ》をどうかお許しあれ」

昌幸は間髪《かんはつ》を容《い》れずに煙《けむ》に巻く。小山田は何も言い返せず、唸《うな》って腰を落とした。昌幸はそれを横目で見て言葉を継いだ。

「この戦《いくさ》、まだ勝機がございますぞ。岩櫃《いわびつ》城へお越し下され」

場にどよめきが起こった。隣の者と囁《ささや》き合っている者もいる。

信幸には何を話しているか凡《およ》そ解った。真田を信用してよいものか。勝頼を騙《だま》して織田への手土産《てみやげ》にするのではないか。そのようなことであろう。

かつて信濃に侵攻した武田に、その地の小豪族であった真田は何度も立ち向かって煮え湯を飲ませた。その後、紆余曲折《うよきよくせつ》を経《へ》てその傘下《さんか》に入り、岩櫃城のある上野《こうずけ》の一部を所領に加えていた。かつては敵であった経緯を知る古くからの家臣には、真田はいざとなれば寝返ると考えている者も多い。

勝頼は手を挙げて衆を静まらせると、錆《さび》の利《き》いた亡き信玄に似た声で問うた。

「岩櫃でやれるか」

「兵糧《ひようろう》も十分に蓄えてございます。一年、いや二年は持ちこたえてご覧にいれます。その間に天下の趨勢《すうせい》も必ずや変わることでしょう」

勝頼は眼を細めて何も答えなかった。

信幸にはそれがいかなる感情から出るものか、理解できずにいた。無言の時を破ったのは、先程の小山田であった。

「ならば我が領地、郡内が最も適当かと。四方の山野に兵を潜《ひそ》ませ、昼夜問わず攻め立てれば、大いに敵を翻弄《ほんろう》できましょう」

「それはもっともでござる」

昌幸が真っ先に同調したものだから、小山田は暫《しば》し唖然《あぜん》となった。父はたっぷりと間合いを取り、片笑《かたえ》みつつ付け加えた。

「良将……ならばの話ですが」

「お主《ぬし》!!」

「小山田殿……貴殿《きでん》、御屋形《おやかた》様に申し上げることはありませぬか?」

声色《こわいろ》が一気に変じる。それは深淵《しんえん》に反響する風の如き不気味さがあった。昌幸には一体幾《いく》つの顔があるのか、幾つの声色が秘められているのか。父ながら恐ろしさを感じ、信幸は生唾《なまつば》を呑《の》んだ。

それは小山田も同じらしく、僅かにたじろぎ、一転冷静な口振りで言い返す。

「かような危急の時なれば、歯に衣着《きぬき》せずに申し上げる。当家の調べに拠《よ》れば、真田家には、北条《ほうじょう》の使者が引っ切り無しに出入りしていると報告があります。如何《いか》に?」

父は丸い溜息《ためいき》を零《こぼ》し、懐《ふところ》から丸めた紙を取り出す。一通ではない。かなりの厚みがある。

「北条からの帰順《きじゅん》を促《うなが》す書状です」

先刻よりもさらに大きな騒《ざわ》めきが部屋を覆《おお》った。昌幸はその中、表情を一切変えずに一枚、また一枚と二つに千切っては捨てていく。

「尻を拭《ふ》く紙にもなりませぬわ。尻より臭《くそ》うござるからな」

このような状況下にも拘わらず、思わず噴き出す者もいた。信幸には、勝頼も僅かに口を綻《ほころ》ばせたように見えた。

「岩櫃へ行こう」

軍議は勝頼の鶴の一声で幕を下ろした。

明朝、昌幸は守りをより厳重にするため、岩櫃に向けて先発した。信幸、信繁は人質として、勝頼と行動を共にすることになった。

三

新府から退《ひ》くため、慌《あわ》ただしく支度が整えられていたその日の夜半、信幸のもとに急遽登城《きゅうきょ》の命《めい》が下《くだ》った。

――父が北条に寝返ったか。

真っ先に思いついたのはそれである。

昌幸が武田家を裏切るつもりがないことは解っている。それは忠義というよりも、昌幸の望むものに反しているからだ。

しかし、何か予期せぬことがあって寝返ることも無いではない。真田昌幸という人は、そのような強烈な柔軟性も持ち合わせている。

通された部屋にはなんと勝頼が一人。これは如何なる訳か。信幸は押し黙って時を待った。

「源三郎、岩櫃に帰れ」

信幸は意味を解しかねた。明朝には岩櫃に向けて共に発つ予定ではないか。先に伝えねばならぬことが出来《しゅったい》したのか。慎重に言葉の真意を探っていると、勝頼はなおも続けた。

「儂《わし》は郡内へ行く」

信幸は昌幸の真意が別にあると思っているが、だからといって武田家を裏切ることはない。しかし、勝頼はそうは思っていない。劣勢《れっせい》に立たされれば、勝頼の身柄を差し出して降《くだ》るのだろうと思っているのだと感じた。

昌幸との仲は決して良好とはいえない。が、これが親子の血というものか、面と向かって疑念を告げられると、血が逆流するほどの怒りが沸《わ》き起こった。

「小山田殿は――」

信幸は言いかけて必死に呑み込んだ。昨日、父より小山田信茂に謀叛《むほん》の廉《かど》あり。そう教えられていたのである。

「通じているやもしれぬと申すのだろう」

「ならば何故《なにゆえ》……」

「岩櫃ならば十に二つ、郡内は一つというところか。武田が残る見通しよ」

武田家が滅ばずに生き残るのは極めて難しい。しかし、岩櫃に来た方が、真田を頼った方が、僅かでも見込みがあることを勝頼も理解している。

「猶更《なおさら》、岩櫃のほうが得策。是非《ぜひ》とも……」

「岩櫃でも十に八つは負けるのだ。故《ゆえ》にお主《ぬし》は反対なのだろう？」

「それは……」

信幸は口籠《くちご》もってしまった。

勝頼は己の心のうちを見抜いている。幾ら昌幸が奮戦しようとも、やはり厳しい戦いになるのは間違いない。

織田軍に敗れた時は、武田家と共に真田家も滅ぶ。たとえ不忠《ふちゅう》、たとえ冷酷と罵《ののし》られようとも、真田家は武田家から離れて生き残るべきだと思っている。

「あやつは天下を向こうに戦ってみたいのだろうな」

勝頼はふっと息を漏らした。

「お気付きだったのですね……」

昌幸も勝ち目は薄いことは解っている。それなのに何故、勝頼を迎えて戦おうとするのか。それは昌幸の野心に起因している。

なにも天下を獲ろうなどという野心ではない。昌幸は、亡き信玄も認めるほどの才を持っていることは間違いない。

もし信濃の小豪族の家に生まれず、今少し大きな家に生まれていれば。あるいはもっと早くに生まれていれば。せめて嫡男《ちゃくなん》として家の舵《かじ》を早くから取れれば――。

――もっと俺は天下に名を馳《は》せられたはずだ。

昌幸は心の奥底で思っている。

しかし、現実は違う。天下の趨勢が定まらんとしている今、滅亡の危機に瀕《ひん》している家の一家臣にしか過ぎない。そんな時、恰好《かっこう》の機会が巡って来た。

勝頼を迎えて、織田軍を一年でも翻弄すれば、昌幸の武勇は、忠義は、天下に遍《あまね》く轟《とどろ》くであろう。昌幸の真の目的はそれなのだ。

それに何の意味がある。世には馬鹿にする人は多いだろう。しかし、昌幸は狂おしいほどにそれを欲している。

それでたとえ真田家を危機に陥らせようとも。

凡将ならば十中十、失敗する。が、昌幸がそうでないことが余計に厄介《やっかい》なのだ。

「今では武田が真田の枷《かせ》となっている。あやつ一人ならば、二を九にも出来よう」

真田家のことだけを考えるならば、十中九は生き残れるということ。勝頼が如何に昌幸を認めているのかが解った。

「有難き倖《しあわ》せ……」

信幸は深々と頭を下げた。

己は何処《どこ》か信玄と比べ、勝頼のことを侮《あなど》っていた。が、勝頼は信玄の血を確実に引いている。いや、滅亡を前にして、その血が色濃く表れているのかもしれない。

「ここからは何が起こるか解らぬ。こう言っておきながら、やはり気が変わって岩櫃を目指すことになるかもしれぬ。その時、お主は如何にする？」

勝頼は地を這《は》うように低く訊いた。

「岩櫃には入れませぬ」

信幸は丹田《たんでん》に力を籠めて言い放った。勝頼が向かうならば、昌幸の了承を得ずに、

――己の手で討つ。

ことも有り得るということだ。

「よい覚悟だ」

勝頼は不敵に片笑みつつ続けた。

「生き残る。それもまた武家の誉《ほまれ》ぞ」

勝頼のその言葉には、自身はそれが出来なかったという後悔も滲《にじ》んでいた。

「肝《きも》に銘じます」

信幸は口を結んで力強く頷いた。

「源次郎を頼む。あれを説くのは骨が折れる」

勝頼はそう言うと、穏やかに微笑《ほほえ》んだ。

四

嬰児《ややこ》のようにごねる信繁を引きずるように馬に乗せ、信幸ら二騎は昌幸のいる岩櫃へひた駆けた。岩櫃に着くとすぐに、父の居場所を求める。急普請《きゅうぶしん》の指揮を執《と》る父の横顔は何とも溌剌《はつらつ》としており、切り出すことを躊躇《ためら》った。それでも伝えねばならない。

「父上……お話が」

小さな部屋の囲炉裏《いろり》を三人で囲み、勝頼が岩櫃には来ないこと。小山田の裏切りは十分に有り得るとは解っていること。昌幸が真田家のことだけを考えれば、きっと生き残れるであろうと語っていたことを告げた。

昌幸は瞑目《めいもく》し、珍しく、聞き終えるまで一切口を開かなかった。

「かつて陣代様と語り合ったことがある」

父は茫《ぼう》と宙《ちゅう》を見ながら、ぽつりと言った。

「それは……」

「今の武田が盛りと言わせてみせようとな」

共に、偉大な父と比べられた者どうしである。二人には通ずるものがあったのかもしれない。昌幸の尋常ならざる名への渇《かわ》きも、その辺りに起因しているのかもしれない。

「それは真田の夢でもあった。家を残し、名を残す。その両輪《りょうりん》は武田無くしては叶《かな》うまい。ちっぽけな真田……一家だけではな」

武田に天下を獲らせ、大領を得つつ、真田の名を轟かせる。それがこれまで昌幸が思い描いていた夢だったという。

父は肩を落として項垂《うなだ》れた。このように落胆《らくたん》する姿を見るのは初めてであった。昌幸の夢は無謀なものだ。此度《こたび》のように危ない橋を渡ろうとすることに苛立《いらだ》つこともある。が、そのような昌幸が嫌いとも言い切れぬ。

家と名、その二つを残せるならば――。信幸にもそのような想いが無いではないのだ。やはりそこも、親子故なのかもしれない。

「父上、生き残れば夢はまだ見られます。どんなことをしても叶えましょうぞ」

信幸は凜然《りんぜん》とした調子で励ました。

「お主は若いから容易《たやす》く言う。そのような道があるものか」

「幾ら小さな家であっても、いざとなれば……こう。さすれば、家と名、残すことも能《あた》うかもしれません」

信幸は先日父が軍議でしたように、紙を破る真似をしてみせた。

「なるほど……それも一手か。お主は油断がならぬ」

「父上の子にございますれば」

信幸が口元を緩めると、昌幸は小さく鼻を鳴らした。信繁はやり取りの意味を解しかね、二人を交互に見て、私にも教えて下されと繰り返した。父はそれには答えず、ふっと息を漏らした。

「まあ、諦《あきら》めるには早いか」

「はい！」

「そうですな」

信繁が勢いよく応じるのに対し、信幸はふわりと答えた。

「お主というやつは……気の無い返事をする」

昌幸は苦々しく零しつつ続けた。

「まずは今を生き残らねばなるまいて」

「いかさま」

「それに新たな夢の前に、世話になった今の夢も、美しく掃《は》き清めてやらねばなるまい」

様々な想いが交錯しているのだろう。昌幸は細く息を吐《は》いて天井《てんじょう》を見上げた。暫し無言の時が流れた後、昌幸はゆっくりと視線を降ろすと、

「武田家として最後の戦じゃ。武田の恐ろしさ、とくと見せてやろう」
と、言い放った。その顔は先ほどまでの暗いものではない。いつもの憎らしいばかりに不敵なもの。やはり真田昌幸という男はこちらが似合う。信幸は内心で溜息を漏らしつつも、父の如き不敵な笑みを浮かべつつ頷いた。

小山田兵衛尉《ひようえのじよう》は、郡内岩殿《いわどの》に籠らせられ候へと申す（中略）眞田《さなだ》も、領地を堅固にすべしと仰せられ……（『武田三代軍記』）

本書は、月刊『歴史街道』二〇一九年九月号～二〇二二年三月号、二〇二二年五月号～二〇二三年一月号、二〇二三年三月号～二〇二三年九月号に掲載された「連作読切小説　戦国武将×四十七都道府県」を加筆・修正し、分冊したものです。

作品の中に、現在において差別的表現ととられかねない箇所がありますが、作品全体として差別を助長するものではないことと、また作品が舞台としている時代を鑑み、当時通常用いられていた表現にしています。

〈著者略歴〉
今村翔吾（いまむら　しょうご）
1984年、京都府生まれ。滋賀県在住。ダンスインストラクター、作曲家、守山市埋蔵文化財調査員を経て作家デビュー。2016年、第23回九州さが大衆文学賞大賞・笹沢左保賞、18年、『火喰鳥 羽州ぼろ鳶組』で第７回歴史時代作家クラブ賞・文庫書き下ろし新人賞、同年、「童神」で第10回角川春樹小説賞を受賞（刊行時『童の神』と改題）。20年、『八本目の槍』で第41回吉川英治文学新人賞、第８回野村胡堂文学賞、『じんかん』で第11回山田風太郎賞、21年、「羽州ぼろ鳶組」シリーズで第６回吉川英治文庫賞、22年、『塞王の楯』で第166回直木三十五賞を受賞。その他の著書に「くらまし屋稼業」「イクサガミ」シリーズ、『茜唄』『蹴れ、彦五郎』『幸村を討て』『教養としての歴史小説』など多数。

装丁——芦澤泰偉
装画——渡邊ちょんと

戦国武将伝　東日本編

2023年12月18日　第１版第１刷発行

著者　今村翔吾
発行者　永田貴之
発行所　株式会社ＰＨＰ研究所
東京本部　〒135-8137　江東区豊洲5-6-52
文化事業部　☎03-3520-9620（編集）
普及部　☎03-3520-9630（販売）
京都本部　〒601-8411　京都市南区西九条北ノ内町11
PHP INTERFACE　https://www.php.co.jp/
制作協力・組版　株式会社PHPエディターズ・グループ
印刷所・製本所　大日本印刷株式会社

ISBN978-4-569-85589-9

PHPの本

朝星夜星

朝井まかて 著

長崎で日本初の洋食屋を始めた草野丈吉と妻ゆきは大阪へ進出し、レストラン&ホテルを開業する。夫婦で夢を掴む姿を描く感動的な物語。

定価 本体二、二〇〇円（税別）

PHPの本

パシヨン

川越宗一 著

人はなぜ争うのか——禁教下での最後の日本人司祭・小西マンショを軸に、迫害する側、される側、双方について描いた圧巻の歴史小説。

定価 本体二、二〇〇円（税別）

ＰＨＰの本

六つの村を越えて髭をなびかせる者

西條奈加 著

江戸中期。蝦夷地に降り立ち、その自然とアイヌを心から愛した男がいた――直木賞作家・西條奈加が贈る感動の歴史巨編。

定価 本体一、八〇〇円（税別）

PHPの本

我、鉄路を拓かん

梶よう子 著

新橋~横浜間に日本初の鉄道を敷くため、現場を任され、奔走した男・平野屋弥市。至難のプロジェクトに挑んだ男達の熱き戦いの物語。

定価 本体一、八〇〇円（税別）